僕は上手にしゃべれない

椎野直弥

Naoya SHIINO

ポプラ社

僕は上手にしゃべれない

僕は上手にしゃべれない ◉ 目次

装丁　楢原直子
装画　浮雲宇一

序章　言葉が出ない

自分が普通じゃないって気づいたのは、六歳《さい》のときだった。

かよっていた小学校で開かれた学芸会での劇《げき》。王子様が出てくる話で、割《わ》りあてられた役は王子の家来。台詞《せりふ》は一言だけ。今でもはっきり覚えている。

『王子様、行ってらっしゃいませ』

でもそのたった一言が、僕《ぼく》は言えなかった。

みんなの戸惑《とまど》う顔。きこえてくるざわめき。今でも忘《わす》れられないし、たまに夢にも出てくる。

そのときは僕の台詞をとばして劇が続けられて、大きな問題にはならずにすんだ。

思い返してみると、それまでにも言葉がスムーズに出ないって感覚はあった気がする。

でも、よくは覚えていない。覚えていないってことは、大きく困《こま》ることはなかったんだと思う。

でもあの劇《げき》のあとから、変わった。

たぶんあのときに、僕《ぼく》は、自分がうまくしゃべれないって意識したんだ。そして意識したことが、症状《しょうじょう》の悪化につながった。

「言葉がうまく出てこない」っていう経験は誰《だれ》にでもあると思う。衝撃《しょうげき》のあまり、感動のあまり、緊張《きんちょう》のあまり、みたいな感じに。だけどそれらは、「言う言葉が見つからない」とも言《い》い換《か》えられる。

でも僕の場合はまったくちがう。言いたい、言うべき言葉は見つかっているのにそれが声にならないんだ。

そういうときに決まって言われるのは、落ちついて話せ、ということ。

だけど、ちがうんだ。落ちついていないわけじゃない。だって毎日顔をあわせる家族との会話でさえそうなるんだから。普通、家族に対して緊張なんてしない。それなのに声は出ない。

たとえば『おはよう』が、僕は言えない。朝、目が覚めて、部屋から出てキッチンにいるお母さんの後《うし》ろ姿《すがた》を見たとき、言うべき朝の挨拶《あいさつ》が頭に浮《う》かぶけれど、僕はそれを言えない。最初の『お』の音が出てこないんだ。無理に言えば『お、お、お、おはよう』という格好悪《かっこうわる》い、つっかえた言葉になる。

だから僕はたいてい、家族に『おはよう』を言わない。そのうちお母さんが気づいて先に言ってくれて、僕はそれに『うん』とだけ返す。

だけどたまに、すんなり『おはよう』って言えるときもある。その時々によってちがうんだ。調子がいいときもあれば、悪いときもある。悪いときは『うん』や『はい』という短い言葉さえ出てこないこともあった。

こんな調子だから毎日つらい。本当に、つらい。

学校でもすごく苦労した。なにしろクラスメイトとまともな会話ができないんだから。さいわい、いじめと呼《よ》べるほどのことをされた覚えはないけれど、笑われたり、からかわれたりするのは日常だった。

友達を作るのもとても苦労して、だから小学生の六年間、楽しい思い出はあまりない。つらく苦労した思い出は、いくらでもあるのに。

吃音《きつおん》。僕が抱《かか》えているものは、そういうふうに呼ばれるらしい。それを知ったのは三ヶ月前、インターネットでなんとか治す方法はないのかと調べてみたときだ。

そのときに初めて僕《ぼく》は、自分が抱《かか》えるものの正体を知った。

さらにはこれだけ発達した現代医学においても原因《げんいん》はわからず、そしてなにより、治療《ちりょう》方法がはっきりと確立《かくりつ》されていないことも知ってしまったのだった。

第一章　「上手に声を出せるようになります」

「じゃあ、一人ずつ自己紹介《じこしょうかい》してくれ」

その言葉をきいた瞬間《しゅんかん》、ドクン、と胸《むね》が鳴った。

「席順に名前と、出身の小学校と、そうだな……適当に趣味《しゅみ》か特技《とくぎ》でも言ってくれ」

鼓動《こどう》が激《はげ》しくなる。息苦しいような感覚がして、手に汗《あせ》がにじんでくる。

当然、あるとは思っていた。入学式の日には当然これが、自己紹介があるっていうのはわかっていた。

柏崎悠太《かしわざきゆうた》です。中央小学校から来ました。趣味は読書です。

頭の中で言葉を組み立てる。そして言えるかどうか、心の中でつぶやきながら試してみる。

言える。大丈夫《だいじょうぶ》。言える。

「石井充《いしいみつる》です。北小から来ました。得意なことは……」

今しゃべっているのは、二人目の男子生徒。僕《ぼく》は六人目。あと四人。

「宇田千代子《うだちよこ》です。出身は南小学校で、カラオケに行くのが大好きです」

三人目。あと三人。

ふう、ふう、とまわりにきこえないように深呼吸《しんこきゅう》をし、必死に心を、全身を落ちつかせる。

でも全然効果はなかった。相変わらず鼓動《こどう》は激《はげ》しくて、手汗《てあせ》もおさまらない。

柏崎悠太《かしわざきゆうた》です。中央小学校から来ました。趣味《しゅみ》は読書です。

言える。言えるはずだ。大丈夫《だいじょうぶ》。大丈夫……。

「江藤貴子《えとうたかこ》です。出身は……」

言える。言える。言える。言える。


言えない。


「私は絵を描くことが好きです。なので美術部に入ろうと思っています。よろしくお願いします」

四人目が終わる。拍手《はくしゅ》。そして五人目が立ち上がって。

「っ……すいません」

思わず、言っていた。

「ん？　どうした？」

「ち、ちょっと、ぐあ……あの、む、胸《むね》が悪くて……」

胸のあたりを手で押《お》さえ、いかにもつらそうな表情を作って言う。

同時に、押さえた胸の中で広がる罪悪感《ざいあくかん》。

「気持ち悪いのか？」

「いや、あ、あの……」

このクラスの担任《たんにん》になった椎名美雪《しいなみゆき》先生が近寄ってくる。まだ二十代に見える、若《わか》い女の先生だ。

「大丈夫か？　トイレに行くか？　それとも保健室のほうがいいか？」

「ほ……ほけっ……んしつにい……い、い……ぃきます」

「……そうか。一人で行けるか？」

「だっ……いじょうぶです」

先生の次の言葉を待たず、立ち上がって後ろのドアに向かう。教室を出るまでのみんなの視線《しせん》と静けさが、とても嫌《いや》だった。

廊下《ろうか》に出て、ドアを閉《し》める。そのまま廊下を数歩進むと、自然にため息が出た。

「初日からこれか……」

小学生のときも何度か使った手だった。授業であてられそうになると、具合が悪いふりをして保健室へ行く。国語で教科書読みがありそうな日は、休んだり早退することもあった。

「でも、初日から笑われるくらいなら……」

ずるいことをしているっていう罪悪感《ざいあくかん》と、仕方がないっていう気持ち。二つが混《ま》ざりあってもやもやして。

はぁ、とまたため息が出た。

こうやってずっと僕《ぼく》は逃《に》げ続けるんだろうか……。

この学校でも、高校生や大学生になっても、そして大人になってもずっと、しゃべるということから逃げ続けるんだろうか。

保健室には、誰《だれ》もいなかった。先生が一人いるはずだけど、職員室かどこかに行っているのかもしれない。

どうしようか少し迷って、仕方なく勝手にベッドを使わせてもらうことにした。上履《うわば》きを脱《ぬ》いで横になり、カーテンも閉めて、ぼんやりと白い天井《てんじょう》を見つめる。

そうしながら考えたのは、これからのこと。

こんな調子でこれからやっていけるのか。いけるはずない。少なくとも、順調な中学生活を送ることはどうしたってできやしないと思う。

逃げ続けても、いずれは知られる。そのとき、新しいクラスメイトたちはどんな反応を見せるだろう。そしてそのあと、僕はどんな立場に置かれるだろう。

考えたくなかった。考えたって解決策《かいけつさく》は浮《う》かばない。今の僕には明日からの未来に暗い色しか見えなくても、それを明るい色にする方法なんてわからない。きっと、そんなの世界中の誰にもできないんだと思う。

僕の抱《かか》えているものはそれほどに大きくて、真っ暗なものなんだ。

三十分くらいそうしていただろうか。体を横たえているせいかだんだんと眠気《ねむけ》に襲《おそ》われ始めてきた頃《ころ》、保健室のドアが開く音がした。

誰かが入ってきて、ベッドに近づいてくる。

「柏崎《かしわざき》？　いるか？」

椎名《しいな》先生らしき声。眠《ねむ》っているふりをしたほうがいいかなと思い、返事はしなかった。音がして、カーテンが開く気配がする。それで初めて目覚めたように、僕《ぼく》は目を開けた。目の前に、椎名先生の顔があった。

「具合はどうだ？　一人で帰れそうか？」

「あっ、はい……も、もうだいぶよ……」

起き上がりながら、よくなりました、と言おうとしたけど出てこなかった。

でも椎名先生はそれに気づかなかったようで、「そうか」と短く言うと、鞄《かばん》とプリントの束《たば》を手渡《てわた》してきた。鞄は僕のもので、だいぶ重くなっていた。入っているのは、教科書だろうか。

「今日は教科書の配布と、このプリントに書かれていることを説明しただけだから。教科書は全部、鞄の中に入れてある。プリントを読んでなにかわからないことがあったら明日、私にきけ」

「あ……ど、ど……うも……」

ありがとうございます、が言えず、言《い》い換《か》える。

「それとあのあと席替えをした。くじ引きで決めて、柏崎《かしわざき》のくじは私が引いたんだが、目が悪くて前の席がいいとか希望あったか？」

「な、ない……です……」

「じゃあ明日から、お前の席は窓側《まどがわ》から二列目の一番後ろだ。今日の席とまちがわんようにな」

「は……い」

教室にいるときから思っていたけど、ぞんざいなしゃべりかたをする先生だった。声も女性にしては少しハスキーで、髪《かみ》も短めだ。

「昇降口《しょうこうぐち》まで送ったほうがいいか？」

「いえ……」

平気ですと言う代わりに首をふる。それからプリントを鞄に入れ、ベッドから降《お》りる。

「じゃあな」と椎名先生が言って、「さようなら」と返そうとしたけどそれも出てこなそうだったので頭だけを下げて、保健室を出た。

何人かの生徒とすれちがいながら、廊下《ろうか》をうつむき気味に歩き、昇降口へと向かう。

やっと終わった。中学生活最初の日。笑われることも、戸惑《とまど》われることもなかった。逃《に》げたおかげで、逃げたせいで。

でも明日からは、どうなるだろう……。

昇降口《しょうこうぐち》につくと、ふと、外からやけににぎやかな声がきこえてきた。

なんだろう、と思いながら外へ出ると、校門までの道に二、三十人の生徒が左右に並《なら》んで立っているのが見えた。彼《かれ》らはそばを通る生徒にチラシを手渡《てわた》していて、中には手作りのプラカードを掲《かか》げた生徒もいる。プラカードには「サッカー部」や「美術部」などと書かれていて、どうやら上級生が部活の勧誘《かんゆう》をしているようだった。

部活なんて入る気はなかった。わざわざ人としゃべる機会を増《ふ》やすようなことはしたくない。

「テニス部です。楽しい部なので、ぜひ入ってください！」

「吹奏楽部《すいそうがくぶ》です。初心者でも大歓迎《だいかんげい》でーす！」

それでもなかば強引《ごういん》に手渡されるチラシのすべてをことわることはできなくて、仕方なく受け取りながら、誰《だれ》とも目をあわせないように校門への道を進んだ。

「放送部です。見学だけでも来てください。お願いします」

ただ校門を出る直前でチラシを差し出されたときはそれができなかった。なんだか他の人とはちがう落ちついた声だったから、つい相手の顔を見ちゃって。

チラシを差し出していたのは男子生徒。こっちを見て、にこりと笑っている。

「よろしくね」

笑顔のまま、男子生徒が言う。僕《ぼく》はなにも返さずに、さっきのようにただ頭だけを下げた。

校門を出て、チラシの束《たば》を鞄《かばん》にしまう。でも途中《とちゅう》で手が止まった。一番上のチラシに書かれた文章が目にとびこんできたからだった。

大きく『放送部』と書かれたチラシ。その下の文章。

『部員大募集中《だいぼしゅうちゅう》です。しゃべることが苦手な人でも大歓迎。発声の方法など丁寧《ていねい》に教えます。練習すれば、あなたも必ず上手にはっきりと声を出せるようになります』

上手にはっきりと声を出せる。

思わずしばらくの間、じっとその文字を見つめた。手書きの、決して綺麗《きれい》じゃない、でも力強い文字。

「上手に声を……」

つぶやきが出たのと同時に、ドンという衝撃《しょうげき》で肩《かた》が揺《ゆ》れた。

「あっ、悪い」

背後《はいご》からぶつかってきた一年生らしき男子生徒が言って、そのまま歩き去っていく。そこで初めて自分が足を止めていたことに気づいて、あわてて道を進んだ。

そうして歩きながらもう一度、チラシの文字を見つめる。

上手に、声を出せる……。


そんなにうまくいくわけないって、そう思った。

お母さんとお姉ちゃんと暮《く》らすマンションの、自分の部屋。閉《と》じた窓《まど》の向こうからは三日前から始まった道路工事の音がきこえている。

その音をききながら、僕《ぼく》はベッドに腰《こし》かけて、制服を着がえもせずに例のチラシを見つめていた。

数十分前に渡《わた》された、この紙。ここに書かれている文字は、家に帰りつくまでの僕の心を少しだけ明るく、前向きにしてくれた。

だけど部屋の中でもう一度ながめ、落ちついてよく考えてみたら、そういう気持ちは全部消えてしまった。

うまくいくわけない。心の中で、またつぶやく。

『練習すれば、上手にはっきりと声を出せるようになります』

これはたぶん吃音《きつおん》を持っていない、普通の人たちに限ったことだ。声が小さいとか、口下手《くちべた》とか、あがり症《しょう》とか、そういう悩《なや》みを持った人たちのことで、僕のようなそもそも言葉自体が出ない人間がいくら練習したって無駄《むだ》なんだ。

実際、何度も練習した。自分の名前を言う練習、本を音読する練習、頭の中で思《おも》い浮《う》かべた友達と会話をする練習。

全部うまくいった。一人でいるときは、一度だって言葉をつまらすことなくしゃべれる。自分の名前もあっさり言えて、本に書かれた文章だって台詞《せりふ》だってすらすらと読める。空想の友達との会話だって、自分が言いたいことをそのまま声にすることができる。

ひとり言ならつっかえない。これも吃音の特徴《とくちょう》らしかった。それと歌うときもスムーズに出るし、誰《だれ》かと声をあわせて発声するときもそう。個人差はあるのかもしれないけど、少なくとも僕はそういう状況《じょうきょう》では他の人と同じく普通に声を出せる。

だけどそばに人がいて、一人で話すとなると、とたんにだめになる。

たぶん普通の人にはよくわからない感覚だろう。僕自身もどうして話せなくなるのかまったくわからない。

だから放送部に入って練習したってたぶん、いや絶対に無駄《むだ》だと思う。

結局、僕《ぼく》はこの先も苦労していくしかないんだ。中学でもいろいろなことをあきらめて、我慢《がまん》して過ごしていくしかない。

……それでも、と思い、もう一度チラシを見つめる。

人と普通にしゃべれたら、どんなに楽しいだろう。おもしろい出来事を友達に話したり、見たテレビの話題で盛《も》り上《あ》がったり、好きな本や音楽、ゲームの話を思うままにしたり。

どれも、僕にとっては夢のようなことだった。そうなりたい。だけどその夢を叶《かな》えようとすると、いつもつらい目にあう。僕の言いたいことなんててんで伝わらなくて、笑われて、からかわれて、そして泣きたくなるくらいに傷《きず》ついて。

「……やっぱり、やめよう」

そうだ。やめたほうがいい。そもそも僕が放送部なんかに入っていいわけない。話すことがメインの部活なんて、一番縁《えん》のないところだ。もし入部したらまわりにすごく迷惑《めいわく》をかけることになる。だから入ろうなんて思うべきじゃない。

「そのほうが、絶対いいんだ……」

気持ちがずしりと重くなって、チラシを脇《わき》に置き、ベッドに横たわった。

窓《まど》の外からは、まだ工事の音がきこえている。ひどく重い、耳障《みみざわ》りな音。

「うるさいな……いつ終わるんだ、この工事……」

天井《てんじょう》を見つめながらつぶやく。

一人のときは、本当に思いのままに言葉が出るのに……。


ドアを開ける、ガチャリという音で目が覚めた。

見えたのは暗闇《くらやみ》。でも次の瞬間《しゅんかん》、視界《しかい》がいきなり明るくなって、開けたばかりの目を細めた。天井の蛍光灯《けいこうとう》が白く光り、部屋の中を照らし出したせいだった。

「あんた、なんで制服のまま寝《ね》てるのよ」

お姉ちゃんがドアのそばに立っていた。僕と同じ中学の女子用の制服を着ていて、今帰ってきたばかりのようだ。

お姉ちゃんは三年生だから入学式の日は休みだけど、部活の新入生勧誘《かんゆう》を手伝うために登校するんだって、昨日言っていた。

「お昼も食べてないじゃない。せっかくお母さんが作って置いといてくれたのに」

「たたた、た、たたたたた、食べるつ、つつ、つもりだったけどね、ね、ねね、ね、寝《ね》ちやって……」

いつのまに眠《ねむ》ってしまったのかわからなかった。時計を見ると、午後六時前をさしている。帰ってきたのは昼過ぎだから、五時間近く寝ていたことになる。昨日の夜、あまり眠れなかったせいかもしれない。

そばに放送部のチラシを置いたままなのに気づいて、隠《かく》すように手に持って立ち上がり、机《つくえ》にしまう。それから制服を着替《きが》えようとしたけれど、お姉ちゃんがまだ部屋の中にいるので手を止めた。

「……？」

視線《しせん》で、なんでまだいるの、と問いかける。お姉ちゃんは、普段《ふだん》は大きな目を細めてじっとこっちを見つめていた。

「……あんた、なんかあったの？」

「えっ？」

「学校でなんかあったの？」

「べ、べ、べべ、べつっ、べべべ別になっ……な、ななな、ないけど？」

「本当に？」

「ど、ど、どうし、ど、どどど……な、な、なんで？」

「……入学式の日って、自己紹介《じこしょうかい》とかあるでしょ。あんた、そういうの苦手なんだろうから、失敗して落ちこんでるんじゃないかって思って」

「あ、あっ……たけど……」

「うまくできたの？」

「……」

「……だめだったの？」

「……ぼ、ぼ、僕《ぼく》」

「ん？」

「ぼぼ、ぼぼぼぼ、僕はやっ、や、やらっ……やっ……しなかった」

「しなかった？　あんただけ自己紹介しなかったの？」

「ほ、ほ、ほけ、ほほほ、保健室にい、い、いいい行ったから……」

「……そう」

お姉ちゃんの声が、少し重く低くなった。

「逃《に》げたんだ」

あらためて他人から言われると、ずしりと来た。

家族であるお姉ちゃんは、僕《ぼく》が抱《かか》えているもののことを当然知っていて、こうしてたまに心配してくれる。でも、ところどころで本当に理解はしてくれていないと感じるときもあった。

当然だ。普通にしゃべれる人に、僕の気持ちなんてわかるわけがない。

「……あんた、ずっとそのままでいいの？」

「えっ？」

「小学生のときと同じことを中学でもやるの？　学校が終わったらいつもまっすぐ家に帰ってきて、休みの日も誰《だれ》とも遊ばないで家に引きこもって、おまけに時々、仮病使って学校休んで」

「……」

「しゃべらなきゃいけない場面なんて、これからどんどん増えていくのよ。学生の間はまだいいとしても、卒業したらどうするの？　そのしゃべりかただったら、苦労するなんてものじゃないでしょう」

「そんなのわわ、わ、わかっ……わか、わわわ、わかってるよ……」

自分のこれからへの不安は常《つね》にある。お姉ちゃんの言うとおり、学生の間はなんとかなっても、社会に出たら状況《じょうきょう》は大きく変わる。自分で稼《かせ》がなければならないのに、普通に会話ができない人間を雇《やと》う会社なんてそうそうないと思う。

吃音《きつおん》について調べたときに知ったのだけど、企業《きぎょう》には障害者雇用枠《しょうがいしゃこようわく》といって、国から何人かの障害者を雇うことを義務づけられるという制度があるらしい。でも僕はその枠にはあてはまらない。今の日本で吃音を障害として認《みと》めてもらうのは、すごく難《むずか》しいことだそうだから。なので、僕は普通の人と同じ立場で就職《しゅうしょく》活動や仕事をしなきゃならない。上手に言葉を話せる人たちと同じ土俵《どひょう》に立って、同じことをこなさなきゃならない。

そう考えたとき、心に浮《う》かぶのは不安どころじゃなく、絶望だった。

「わかってるんなら、もっと治そうとしなさいよ」

「し、したよ！」

思わず強い口調になる。

「た、たくっ、たくさんれん、れれれ、れれ練習したんだ。ひ、ひとっ……りでき、きき き、ききききき教科書読んだり、ほほ、ほほほ、本読んだり、か、かい、かかか……しゃべる練習したりしたけど、ひ、ひひ、ひひ、一人のときはしゃべれても、ひと、ひ、ひひひ、ひとまっ……」

「一人ではしゃべれても、人前ではしゃべれなくなるのよね」

言おうとした言葉を、お姉ちゃんに先取りして言われる。他人と話すときによくあることだった。

「……ほ、ほほ、方法なんてないんだよ。なな、なな治す方法なんてない……なな、ないんだ。ぼ、ぼぼぼぼ僕《ぼく》だってな、な、ななな、な、治せるものならなお……な、な……治《ち》療《りょう》したいよ。こ、ここ、ここ、これ、こ、これを治療するためなら、ど、どどんなことだってするし、できる。で、でで、でもむむ、む……むむむ無理なんだ」

本当に、自分にとって吃音《きつおん》よりもつらいことなんてなかった。もし吃音が治るのなら、どんな苦しさや痛《いた》みにも耐《た》えられる。どれだけ殴《なぐ》られたって、全身をナイフで切《き》り刻《きざ》まれたって、毒を飲めと言われたって、その先に普通に声が出せる未来があるのなら僕は受け入れる。むしろ進んでそうしたい。

でも実際は治す方法なんてない。インターネットで知った『治療法は確立《かくりつ》されていない』という言葉が、読んだときの絶望とともに頭によみがえった。

部屋の中が静かになる。僕はうつむいて、でもお姉ちゃんはじっと僕を見ていて。

道路工事の音は、もうやんでいた。耳に入ってくるのは、壁《かべ》にかけられた時計の秒針が動くかすかな音だけ。

「あんたさ……ずっと前、サ行がわりと言いやすいって言ってたよね？」

「……うん」

僕は『ああ』とか『うん』とか、そういう短い言葉ですらたまにつっかえるけれど、わりと言いやすい言葉もあって、サ行が言いやすかった。逆に言いにくいのがカ行とタ行だ。柏崎《かしわざき》。自分の名前の、カ行。

それと『コーヒー』や『ルール』とかの伸《の》ばす言葉も言いやすい。悠太《ゆうた》は『ゆーた』と発音できるので、そこは助かっている。

「私、ちょっと考えたんだけど。それってさ、サ行は言えるってあんたが自分で思いこんでるから言えるんじゃないの？　でも他の行は言えないって思いこんでるから言えない。一人でしゃべるときも、しゃべれるって思いこんでるから、つっかえずにしゃべれる。ちがう？」

言われて、考えてみる。たしかにそうかもしれなかった。ひとり言がつっかえないのはそれがすでにあたりまえのことで、言えないかもしれない、という意識が自分の中にまったくないから。

「そうかも……。ひ、ひ、ひひひひ、ひとり言はい、いえ、いいい……しゃべれるのがあ、ああ、あた、ああああ、あたりまえだから……」

「でしょ？　だから要は、人前でもしゃべれるって思いこめばいいのよ。言えないかもしれないなんてこれっぽっちも思わない、そんなこと意識もしない状態《じょうたい》になればいい。だってさ、私はしゃべる前に言えない、つっかえるかもしれないなんてまったく思わないもん。普通の人はみんなそうよ。だからあんたの言葉を邪魔《じゃま》してるのは、きっとあんた自身の心とか頭なのよ。だったらそれを変えてやればいい」

そう言われても、簡単《かんたん》にできるとは思えなかった。自分の心や頭の中をコントロールするなんて無理だ。

「……そうだとしても、そんなじ、じじ状態になんてな、なれ、なななな、なれないよ。しゃべる前にいつもだ、だだ、だ、大丈夫《だいじょうぶ》だってあ、あ、あた、ああああ……む、胸《むね》の中で言いきかせてお、お、おお思いこもうとしても、い、い、ざっ……そのときにな、なななな、なったらしゃべれないんだ」

「思いこめないのは、今のあんたに自信がないからよ。まずはしゃべることに自信を持てるようにならなきゃ」

「ど、どどど、どどど、どうやって……？」

「とりあえず、しゃべる機会を増やしなさいよ。前に本で読んだんだけど、成功体験ってやつを積み重ねれば人は自信を持てるんだって。たとえばテストでいい点をとるとか、スポーツで相手に勝つとか。だからあんたもそういう体験、つまり上手にしゃべれたっていう経験を積み重ねればいいのよ。そのためには、たくさんしゃべらなきゃ」

「で、で、でっ……も」

「でも、なに？」

「しゃべってしし、失敗したら……」

戸惑《とまど》われる。笑われる。そしてみじめになる。自分からそれを味わいになんていきたくない。

それに成功体験が大切というなら、逆に失敗体験を積み重ねたらどうなるのか。今よりもっとしゃべることに自信をなくすかもしれない。そしてそのうち、二度と立ち直れなくなって……。

「別に失敗してもいいじゃない。今までたくさん失敗してきたんだから、慣《な》れてるでしょ？」

そう言われた瞬間《しゅんかん》、とても嫌《いや》な気分になった。

慣《な》れるわけない。言葉が出ないときの、あるいは同じ音を繰《く》り返《かえ》してしまうときの、あの胸《むね》をしめつけるような息苦しさ。顔中が熱くなるほどの恥《は》ずかしさ。戸惑《とまど》った相手の表情。バカにするような笑い声。

何度も経験した。でも慣れやしない。あんなの一生かかったって無理だ。

「失敗を気にせずに、どんどんしゃべればいいのよ。うまくしゃべれたときだけよろこんで、次につなげる。つっかえたら気にしないで忘《わす》れちゃえばいい」

つっかえたって気にするな。それはまわりの大人たちに何度も言われてきた言葉だった。でもそれをきくたびに僕《ぼく》は思う。

気にしないなんて、できるわけないじゃないか。

「ね、だからたくさんしゃべりなよ。家でも学校でも、相手の反応なんて気にせずに。笑われたって関係ないっていうくらいの気持ちでさ」

わかってもらえない。そばにいる家族にさえ自分の気持ちを、苦しみを全然わかってもらえない。

しょせん、なんでもすらすらと気持ちよくしゃべれる人たちには理解できないんだ。そういう人たちとは、住んでいる世界がちがうんだ。

「ちょっと悠太《ゆうた》、きいてる？」

「き、ききき、きっ、きっ、きいてるよ……」

「とりあえず、部活でも入ったら？　……さすがに演劇部《えんげきぶ》に入れとは言わないからさ」

演劇部はお姉ちゃんの所属している部だ。うちの学校は中学演劇の中では、全国的とはいかないまでもけっこう有名らしくて、去年も市の大会で優勝《ゆうしょう》していた。お姉ちゃんもとても熱心に活動していたみたいで、一年生ながら主役に抜擢《ばってき》された一昨年《おととし》の大会は僕もお母さんと一緒《いっしょ》に見に行き、舞台《ぶたい》の上で堂々と演技するお姉ちゃんの別人のような姿《すがた》に驚《おどろ》いた。

でも人数が多いからなのか、演劇部は三年生になると同時に引退同然になるらしい。だからもう今後は部には顔を出さないって、お姉ちゃんは言っていた。

「うちの中学かなり部活の数が多いから、あんたにあうところもきっとあるわよ。なんか入ってみたいところはないの？」

入ってみたい部活。思わず、机《つくえ》の引き出しを見る。そこに入っている放送部の勧誘《かんゆう》チラシ。

「どう？　なんかない？」

「……な、ななな、ないよ」

「それなら、あんた運動部って感じじゃないから文化系の……文芸部とかいいんじゃない？　あんたの本好きはそうとうだし」

たしかに本を読むのは好きだ。子供向けの童話も、冒険《ぼうけん》ファンタジーも、青春小説も、難《むずか》しい純文学もたくさん読むので、まわりの大人からは文学少年だと言われ、えらいって褒《ほ》められたこともある。

けれど僕《ぼく》にとっては、全然えらいことでもすごいことでもなかった。読書はいつだって一人でできるから。誰《だれ》ともしゃべらずに味わえる楽しみだから。それで好きになっただけのことだ。

もし僕が普通にしゃべれていたら、たぶんこんなに本を読みはしなかったと思う。きっと友達とゲームをしたり街に出たりして過ごしていたはずだ。今だって、本当は友達と気《き》兼《が》ねなく遊びたいっていう気持ちが心の奥《おく》にはあるから。

「まあとにかくさ、しゃべる機会を増やす努力はしなさいね。クラスの子にも自分から話しかけたりして。わかった？」

「……」

「悠太《ゆうた》、わかった？」

「……うん」

「がんばりなね。私も相談くらいはのってあげるから」

その言葉を最後にお姉ちゃんが部屋を出ていく。そしてすぐにとなりの部屋のドアが開く音がした。

気が強くて、おせっかいで、でも優《やさ》しい姉。言葉のうまく出ない僕をたぶん一番に心配している人。僕が吃音《きつおん》のことを知ったきっかけもお姉ちゃんで、ある日、部屋にあるパソコンで調べてみようよって誘《さそ》われたんだ。調べて、治す方法はないとわかると、それでもなにかあるはずだってお姉ちゃんは言った。

たぶん、ずっと考えてくれていたんだろう。そしてさっきのアドバイスにたどりついた。

しゃべる機会を増やし、成功体験を積み重ねること。

「しゃべる機会……」

また机《つくえ》の引き出しに目がいく。そっと近づき、しまったばかりのチラシを取り出して、ながめてみた。

『しゃべることが苦手な人でも大歓迎《だいかんげい》』

その文字を見ながら思う。

苦手どころではなくそもそも言いたい言葉が口から出てこない人も、この人たちは歓迎してくれるんだろうか。

その日の夕食は、いつになく豪華《ごうか》だった。

「悠太《ゆうた》の入学と、遥《はるか》の進級を祝《いわ》って」

市立病院の看護師《かんごし》の仕事を終えて帰ってきたお母さんが、料理をテーブルに並《なら》べながら

笑顔で言った。

鶏《とり》のから揚《あ》げに、マカロニグラタン、鯛《たい》のカルパッチョ、マグロとサーモンの刺身《さしみ》、白菜《はくさい》と肉団子《にくだんご》のスープ、キノコのサラダ。三人では食べきれないくらいの量だ。お姉ちゃんも手伝って作ったらしい。

お姉ちゃんと話したあと、僕《ぼく》はずっと自室にいた。お母さんが帰ってきたのは知っていたけれど、リビングには行かずに部屋にこもっていた。

考え、迷っていた。チラシを見つめながらずっと。僕は放送部に入るべきなのかどうか

を。

考えて考えて、さっきやっと気持ちが固まったところだった。

「いただきます」

僕がテーブルにつくと、先にとなりの椅子《いす》に座《すわ》っていたお姉ちゃんが言った。続けてお母さんも。

でも僕はそれを言わない。無言で箸《はし》を動かしても、お母さんもお姉ちゃんもなにも言わない。言えないのだということをわかっているから。

「よし、うまくできてる」

グラタンを口に入れたお姉ちゃんのひとり言が、となりからきこえた。

三人そろっての夕食は一週間ぶりだった。昨日まではずっとお母さんが夜勤でいなくて、お姉ちゃんと二人で食べていた。料理はほとんどはお母さんが作っておいてくれるけど、たまにお姉ちゃんが作ることもある。

父親はいない。僕が幼稚園《ようちえん》にかよっている頃《ころ》に心臓《しんぞう》の病気で死んだ。だから父親についての記憶《きおく》は、あまり強くは残っていなかった。

「せっかくの入学式だったのに行けなくてごめんね、悠太」

向かいに座《すわ》るお母さんが、申《もう》し訳《わけ》なさそうな表情で言った。

「いい、いいよ、べべ、べつ、べつ、別に」

「そうよ。私のときだって来られなかったんだし。それに今は、親が来ない人だって結構多いんだから」

「でも、やっぱり親のどちらかは来る子のほうが多かったでしょう？」

「……ど、どどど、ど、どうだっただろ。わ、わっ……かんない」

朝から自己紹介《じこしょうかい》のことばかり考えていたから、他の生徒が親と一緒《いっしょ》に来ているかどうかなんて気にしていなかった。そんなの、吃音《きつおん》にくらべればささいな問題だった。

「仕方ないじゃない。お母さん、仕事してるんだから。お休み取ろうとしたけど、だめだったんでしょ？　悠太《ゆうた》だってわかってるわよ」

「うん……ごめんね、悠太」

「い、い、いいって」

「クラスに友達になれそうな子はいた？」

「さあ……ま、まま、まま、まだわ……」

わかんない、の「わ」が出なくて言葉が途切《とぎ》れる。

それでもお母さんは理解できたようで、「友達たくさんできるといいわね」と微笑《ほほえ》んだ。僕の吃音について、お母さんはあまり話題にしない。気にするようなそぶりも見せないし、お姉ちゃんがなにか言っても、「そのうち、ちゃんとしゃべれるようになるわよ」と、楽観的な言葉を繰《く》り返《かえ》すだけだった。

だけど、本当は気にしているだろう。していないわけない。僕に気にしていると思わせないために装《よそお》っているだけで、あまり重いことだと感じさせないほうがいいと考えているんだと思う。

お母さんとお姉ちゃんが、高校受験のことについて話し始める。お姉ちゃんは学校では素行《そこう》も成績もいいので、市内トップの高校の推薦《すいせん》入試を受けるらしい。

すごいな、と素直に思う。素行や成績のことじゃなく、面接の比重が大きい推薦入試を受けようとすることが。すごくて、とてもうらやましい。

僕には絶対に無理だ。少なくとも今の僕には。

だけど、もし変わることができるのなら……。

さっきのお姉ちゃんの言葉が頭に浮《う》かぶ。しゃべる機会を増やして自信をつける。正しいのかどうかわからないし、自分にできるかもわからない。けれどお姉ちゃんの言うとおり、なにもしなければ僕《ぼく》はずっとこのままなんだ。

傷《きず》つくのは嫌《いや》だ。でもそれ以上に、やっぱり変わりたかった。いつも人から逃《に》げる、弱い自分を変えたい。ちゃんとしゃべれるようになりたい。

「遥《はるか》、高校生になっても演劇《えんげき》続けるんでしょ？」

「えっ、ああうん、もちろん」

「遥が出てる劇を見るの、お母さんずっと楽しみにしてるんだから。一昨年《おととし》に一回行ったきりで、去年は一度も招待《しょうたい》してくれないんだもの」

「役もらえなかったんだから仕方ないでしょ。うちの部、人多いし。でも高校でまたがんばって、役もらうから期待してて」

二人の会話をききながら、僕は黙《だま》って料理を口に運ぶ。家族の会話にさえ参加できないのはいつものことだ。

でも、それもいつか変えることができたらいい。そしてそうなるためには一歩踏《ふ》み出《だ》すべきなんだ。

だからきっと……僕は放送部に入るべきなんだ。

第二章　はじめての友達

翌日《よくじつ》、教室に入ると、椎名《しいな》先生が引きあてたという窓《まど》から二列目の一番後ろの席へと向かった。

周囲の席はまだほとんどあいていて、唯一《ゆいいつ》左どなり、窓際《まどぎわ》の一番後ろにだけ女子が座《すわ》っていた。

その子を見た瞬間《しゅんかん》、少しドキリとした。横顔だけでもはっきりとわかるほどに綺麗《きれい》な顔立ちをしていたから。

まっ黒な髪《かみ》は背中《せなか》のまんなかくらいまでの長さで、やせていて、机《つくえ》に頬杖《ほおづえ》をついた腕《うで》も、指もほっそりしている。

こっちに気づいたのか、女子がふり向く。まつ毛の長い涼《すず》やかな瞳《ひとみ》に見つめられ、とたんに緊張《きんちょう》するような、おかしな感覚が湧《わ》いてきた。

正面から見ても、本当に綺麗な顔だった。目も鼻も口もどこも整っている。そのせいか全体で見るとどこか無機質な感じがして、少し人形っぽい。

「あ……お……」

目があってしまったので、おはよう、と言おうとしたけど出てこなかった。でも僕《ぼく》の言葉のつまりには気づいていないようで、彼女《かのじょ》はまったく表情を変えない。

気まずい沈黙《ちんもく》。もう一度、おはようと言おうとしたけど、やっぱり出てこない。

「っ……」

息が苦しかった。手汗《てあせ》が出てきて、体も熱くなる。

早く視線《しせん》をそらしてほしいと思った。そうすればなにもなかったように、こっちも目の前の椅子《いす》に座《すわ》れるのに。

でも彼女はそのまま、おはようと言うわけでもなく、じっとこっちを見ていた。戸惑《とまど》った感じじゃなく、あざけるようでもない。

ほぼ無表情。彼女がなにを考えているのかも、どうして今の僕を見てこんな表情でいられるのかもわからなくて……。

「おはよっ、柏崎《かしわざき》くん」

そのとき突然《とつぜん》、横から声がきこえた。驚《おどろ》いて顔を向けると、鞄《かばん》を持ったままの短髪《たんぱつ》の男子がすぐそばにいた。

「えっ……えっと……」

誰《だれ》だかわからなくて、言葉が出ない以前になにを言えばいいかわからなかった。

「俺《おれ》、清水翔平《しみずしょうへい》。昨日の席替えで柏崎くんの前の席になったから、よろしく」

「清水……」

最初に思ったのは、苗字《みょうじ》も名前もサ行だから言いやすいってことだった。

「俺、このクラスに知りあいがいなくてさ。席が近いよしみで、仲よくしてもらえたらうれしいんだけど……もしかしてこういうのってうざかったりする？」

「い、いや、そんなことは……」

僕たちがいる市では学区を越《こ》えて中学を選べる。この中学は市内でも学力レベルが高いので人気があり、市内全域《ぜんいき》から生徒が集まってくる。昨日確認《かくにん》した限りでは、僕もクラス内に知りあいは見あたらなかった。

「ならよかった。これからよろしく、柏崎くん」

「うん……清水くん」

清水くんが、人なつこそうな笑みを浮《う》かべる。

その笑顔を見ながら、心の中は複雑《ふくざつ》な気持ちでいっぱいだった。僕《ぼく》が言葉が出ないと知ったら、彼《かれ》はどうするだろう。同じように笑ってくれるだろうか。

「もう体調のほうは大丈夫《だいじょうぶ》なの？」

席に座《すわ》りながら清水《しみず》くんがきいてきて、うん、と僕もその後ろの席につきながら答える。ちらりと視線《しせん》をやると、となりの女子はもうこっちを見てはいなかった。代わりに窓《まど》の外を見ている。

「柏崎《かしわざき》くんは、どこの小学校だったの？」

「……ち、中央小」

つまりかけたけれど、『ちゅーおーしょー』と伸《の》ばして発音することでなんとか言えた。

「中央小からここに何人くらい来てるの？」

「え、えっと……さ、三十人くらいかな」

たしか、本当は二十人よりも少なかったと思う。でも『に』よりも『さ』のほうが言いやすいのでうそをついた。

「そっか。そんなに多いんだ。中央小って頭いい奴《やつ》多いってきいてたけど、本当だったんだな。このクラスに同じ小学校の人はいる？」

首を横にふって答える。他のクラスにいる中央小の人たちも名前を知っているくらいだ。

「じゃあ、俺《おれ》と同じだ。知りあいいない同士、仲よくしようぜ」

「うん……」

笑顔を作ってうなずく。うれしい気持ちはあるけれど、やっぱり素直にはよろこべなかった。

この短い会話の中で、僕は清水くんの必死さを感じ取っていた。たぶん彼は、クラス内で一人になるのが怖《こわ》くて僕に話しかけたんだと思う。誰《だれ》でもよかったんだ。仲よくなれそうな男子なら、きっと誰でも。

吃音《きつおん》でいることで、僕は他人の気持ちにとても敏感《びんかん》になった。たぶん他人が自分のことをどう思っているか、他人にどう見られているかをいつも気にしてきたからだ。

「柏崎くん、趣味《しゅみ》とかある？　俺は、ゲームとバスケが好きなんだけど」

「好きなのはほっ……えっと、ほ……本かな」

「どんな本？」

「……さまざまなのよ、読むよ」

いろいろ、と言おうとして出ずに言《い》い換《か》えたその言葉に一瞬《いっしゅん》、清水くんが怪訝《けげん》な表情を浮《う》かべた。でもすぐに表情を戻《もど》し、またきいてくる。

「今まで読んだ中で一番おもしろい本はなんだった？　好きな作家とかいる？」

「っ……」

「ん？」

「……シェークスピアかな」

「シェークスピア？　すげえ、そんなのも読むんだ。あれって大人が読む本じゃないの？」

「そうでもな、ないよ……」

うそだった。シェークスピアの本は一度だけ読んだことがあるけど、難《むずか》しくてあまり好きになれなかった。本当は別の作家の名前を言いたくて、でもうまく出てこなかった。

そのあとも清水《しみず》くんはあれこれと話しかけてきて、僕《ぼく》はなんとか短く答えたり、言葉を言《い》い換《か》えたり、首をふったりかしげたりしてやり過ごした。

それでも何度か、清水くんは不思議そうな表情をした。なんか変だなって、たぶん思い始めているはずで。

「なんの部活に入るかは決めてる？」

何度目かの質問で、そうきかれる。

とっさに頭に浮かんだのは、放送部という言葉。『ほーそー』と伸《の》ばせばたぶん言えただろうけど、言わなかった。代わりに首を左右にふる。

「俺《おれ》はバスケ部に入るつもり。柏崎《かしわざき》くんも一緒《いっしょ》にどう?」

「せか、せっかくだけどう……えっと、う、運動は……」

「あっ、運動苦手? たしかに柏崎くん、運動しそうじゃないもんね。顔もなんていうの、なんか中性的っぽい感じだし。あっ、これ別に悪口じゃないから」

「う、うん」

お姉ちゃんにも運動部って感じじゃないと言われたけど、決して運動が苦手なわけじゃなかった。むしろ体を動かすのは好きだ。バスケだってやってみたい気持ちはある。

でも運動系の部活に入る気にはなれなかった。そういうところは、きっと上下関係とかきびしい。あいさつできないと怒《おこ》られたりするだろうし、家族に『おはよう』さえ言えない僕には絶対に不向きな場所だ。試合中に声をかけあわなければいけないチーム競技はなおさら。

「俺、小学校でもバスケやってて……あっ」

清水くんが教室の入り口のほうを見て、声を上げる。ちょうど、椎名《しいな》先生が入ってくるところだった。

またあとで、と言い、清水《しみず》くんが前を向く。立っていた他の生徒たちもそれぞれの席につき、すぐに教室内は静けさに包まれた。

「そんじゃ、ホームルームを始めるぞ」

椎名《しいな》先生の、女性にしてはハスキーな、どこかやる気のなさそうな声が室内にひびく。

生徒たちはみんな、かすかな私語もなく、じっと中学最初の担任《たんにん》教師へと視線《しせん》をそそいでいた。

「まず、今週だけはみんなにお互《たが》いの名前を覚えてもらうために、最初に全員の出席を取る。面倒《めんどう》だが、教頭に言われたから仕方ない。わかりやすいように、返事と一緒《いっしょ》に手を上げてくれ。まずは、相内和也《あいうちかずや》」

はい、と前列に座っている男子が言った。それから次に呼《よ》ばれた女子が。

自己紹介《じこしょうかい》のときとちがって、あまり緊張《きんちょう》はしなかった。はい、は言えるはずだ。ごくまれに言えないときもあるけど、今日はたぶん大丈夫《だいじょうぶ》。それに動作と一緒に発声するときは、わりと出やすい。

「柏崎悠太《かしわざきゆうた》」

「はい」

手を上げながら、声を出す。言えた、とそれでもやっぱりほっとした。

「古部加耶《こべかや》」

「はい」

次にきこえた返事は、となりからだった。例の人形みたいな女子が教卓《きょうたく》のほうに目を向けながら、小さく手を上げている。

かや。珍《めずら》しい名前だな。そして、古部も加耶も言いにくい。

彼女《かのじょ》を見つめながらそんなことを考えていると、また目があってしまって、あわてて視線をそらす。

でも古部さんは、どうしてかそのままだった。名前を呼ぶ先生の声と、返事をする生徒の声が教室にひびく中、顔も体も動かさずにじっとこっちを見つめている彼女の姿《すがた》がしばらくの間、僕《ぼく》の視界《しかい》の端《はし》に映《うつ》りこんでいた。

やがて出席確認《かくにん》が終わり、椎名先生が連絡事項《れんらくじこう》を話し始め。

そのときになって、ようやく僕は古部さんの視線から解放された。

今日から始まった授業は、午前、午後ともあてられたりすることなく無事に過ぎていった。

困《こま》ったのは休み時間の清水《しみず》くんとの会話で、なんとか切《き》り抜《ぬ》けようとしたけどだめで、何度かつまったり、つっかえたりしてしまった。それでも短い言葉を使い、言《い》い換《か》えを多用したおかげで決定的なことにはならずにすんだ。

「それじゃあ俺《おれ》、バスケ部の見学に行くから。また明日」

「うん……」

朝と変わらないように見える笑みを浮《う》かべて、清水くんが立ち去っていく。でもまちがいなく、なにかおかしいって思っているはずだった。

これから、もっとぼろが出ると思う。仕方なかった。どうせいつかは、ばれるんだ。こういうふうに少しずつ気づかれていくのが一番いい方法なのかもしれない。

とりあえず初日の授業は終わったけど、僕《ぼく》の今日の課題はまだ終わっていない。放送部の見学という、最大の課題。

不安はある。でも心の中は決まっていた。決して大きな希望を持っているわけじゃないけど、少なくともなにかを変えない限り、僕はずっとこのままなんだから。

教室にはまだほとんどの生徒が残っていた。みんな、仲よくなった新しいクラスメイトとしゃべっている。楽しそうな、少しほっとしたような顔で。

それを横目に見ながら、僕は教室を出た。

放送部の活動場所である放送室の位置は、昨日、椎名《しいな》先生に渡されたプリントの中にあった校内の見取り図で確認《かくにん》したのでわかっている。四階の一番奥《おく》。

すぐに行っても誰《だれ》もいないかもしれないので、ゆっくりと向かう。近づくにつれ、心臓《しんぞう》の鼓動《こどう》が速くなっていき、一度深呼吸《しんこきゅう》するようにふぅと大きく息を吐《は》いた。

それから自分の名前を小声でつぶやいてみる。「見学に来ました、よろしくお願いします」という言葉も。

それを繰《く》り返《かえ》しているうちに、目的地へついた。

少し古ぼけたプレートに書かれた「放送室」の文字。ドアの前に立っても、中から声はきこえてこなかった。ちょっと早すぎたかなと思いながら、一応、ドアノブに手を伸《の》ばしてみる。

ひねって、押《お》すと、開いた。人がいて、目があった。

「ん?」

昨日、勧誘《かんゆう》のチラシを配っていた男子生徒だった。

「あ、すいません……！」

あわてて、ついドアを閉《し》めてしまう。

そういえばノックをしていなかったって、そこで気づいた。同時に後悔《こうかい》する。ノックを忘《わす》れたことも、ドアを閉めちゃったことも。

どうしようとなにも考えられないでいると、中からドアが開いた。そして男子生徒の顔がのぞいた。

「君、もしかして見学に来てくれたの？」

微笑《ほほえ》みながら、おだやかな口調で言われる。

「あ、え、えっと……」

「そうだよね？　放課後にここに来たってことは、放送部の見学に来てくれたんだよね？」

「そう……です……」

「やっぱりそうだよね。よかった」

「あ、あの……」

ノックをしなかったことをあやまろうと思ったけど、言葉が出てこなかった。

「まあ、とにかく中に入ってよ。といっても、なんのおもてなしもできないけど」

あやまれないまま、うながされて放送室の中へと入る。

室内には他に誰《だれ》もいなかった。広さは一般《いっぱん》教室の半分くらい。部屋の中はガラス窓《まど》のある壁《かべ》で二つに区切られていて、向こうの壁にはぽつぽつと穴《あな》があいている。たぶん防音室だろう。僕《ぼく》たちがいるほうには机《つくえ》、パイプ椅子《いす》、棚《たな》の他、いろいろな放送機材が置かれていて少しせまい感じがした。

「せっかく来てくれたのに、なにも用意してなくてごめんね。お茶かなんかあれば……そうだ、ちょっと待ってて」

そう言うと、彼《かれ》は放送室を出て行った。

「あ……」

どこに行ったんだろう。一人残されて不安になったけど、待てと言われた以上、部屋を出るわけにはいかず、僕はただその場に立《た》ち尽《つ》くして相手が戻《もど》ってくるのを待った。

そうしてそのまま二、三分がたって、ドアが開き。

「お待たせ、はいこれ」

差し出されたのは、ペットボトルの緑茶。たぶん校内のどこかに置かれている自動販売機で買ってきてくれたんだろう。

「いや……そんな……」

「遠慮《えんりょ》しないでいいよ。せめてもの、おもてなしとしてだから。日本の心だよ」

「じ、じゃあ、お金出します」

「いいっていいって。はい」

無理やり、手にペットボトルを握《にぎ》らされる。

「来てくれてありがとう。歓迎《かんげい》するよ、放送部へようこそ」

「いえ……こ、こちらこそ……」

なんだかいつもより、スムーズに言葉が出ていた。この人の雰囲気《ふんいき》のせいかもしれない。

だけど、それもそこまでだった。

「君、名前はなんて言うの？」

言われた瞬間《しゅんかん》、ずしりと体全体に重しが載《の》ったような気分になった。

「俺《おれ》は立花孝四郎《たちばなこうしろう》。三年A組。君は？」

「か……」

「ん？」

柏崎悠太《かしわざきゆうた》。柏崎悠太。

「か、か、か……」

柏崎悠太。柏崎悠太。柏崎悠太。柏崎悠太。

「かか……」

息が苦しくなり、手に汗《あせ》がにじむ。言えない。

「か……なに？」

立花先輩《せんぱい》が不思議そうに首をかしげる。それを見たとたんつらくなって、思わず目の前の顔から視線《しせん》をそらした。

だめだ。やっぱり、だめだった。

「すいません……」

「えっ？」

言うと同時に、駆《か》け出《だ》していた。

「あ、ちょっと」

そのまま放送室を出て、廊下《ろうか》を走って階段《かいだん》へ。そこまで足は止めなかった。いや、止まらなかった。

後ろから追ってくる気配はない。たぶんあの人はなんで逃《に》げられたのかわからず、呆然《ぼうぜん》としているだろう。

優《やさ》しそうな人だった。まだ見学に行っただけなのに、とてもよろこんでくれた。

手に持ったままの緑茶を見つめる。すごく申《もう》し訳《わけ》ないと思った。

でも、戻《もど》る気にはなれなかった。

「……柏崎悠太《かしわざきゆうた》です。一年A組です」

今なら簡単《かんたん》に言える。言えるのに。

一度、放送室のほうをふり返ってみる。やっぱり誰《だれ》も追いかけてはこない。

今日は戻れない。明日以降《いこう》、また行く気にもきっとなれない。だからもうあきらめるしかない。

少し前までの前向きな気持ちはすっかり消えていた。行かなきゃよかったって、今は後悔《こうかい》すらしている。

「帰ろう……」

一人でつぶやいて、歩き出す。でも階段《かいだん》を数段下りて、足が止まった。

階段途中《とちゅう》にある踊《おど》り場《ば》。そこに女子生徒が一人いた。

人がいたからといって、知らない人なら立ち止まったりしなかった。でもその人を僕《ぼく》は知っていたから。今日名前を知ったばかりの、クラスメイト。

古部《こべ》さんだった。

階段を上がってきた古部さんが僕に気づき、足を止める。数秒、無表情でじっと見つめられ、やがて彼女《かのじょ》はまた歩き出した。

でも、立《た》ち尽《つ》くす僕の横をすれちがいざまに。

「さよなら。柏崎くん」

そうささやいた。

「あっ、さ、さよなら」

あわてて言葉を返す。古部さんはこっちをふり返ることなくスタスタと、機械的にも思える足取りで僕から離《はな》れていった。

少しだけうれしかった。まだ一度だって会話したことないのに、彼女が挨拶《あいさつ》をしてくれたことが。そして僕の名前を覚えてくれていたことも。別れの挨拶がサ行で始まる言葉でよかった。

でもそのうち、古部さんも僕が普通じゃないことを知る。それでも、彼女は僕にさよならと言ってくれるだろうか。

階段《かいだん》を下りて、昇降口《しょうこうぐち》へと向かう。今日は昨日とちがって、部活勧誘《かんゆう》の上級生は一人もいなかった。校門付近での勧誘は入学式の日だけって決められていたのかもしれない。

放送室にはもう行けない。でも他の部活の見学に行く気にもならなかった。どうせまた名前すら言えなくて、つらい思いをするだろうから……。

一歩踏《ふ》み出《だ》そうって決めたのに。情けなさで自分が嫌《いや》になりそうだった。それでもどこかに、仕方ないじゃないかという気持ちもある。

自分を嫌《きら》いになって、でも吃音《きつおん》だから仕方ないってなぐさめて。いつもそうやって過ごしてきた。自己否定《じこひてい》と自己肯定《こうてい》のせめぎあいが、僕《ぼく》の毎日。

……きっと他の人たちの人生は、もっと生きやすいんだろうな。

校門までの道にまばらに見える生徒たちの姿《すがた》を見ながら、僕はそう思った。


次の日の朝、清水《しみず》くんは話しかけてこなかった。

どうやら昨日のうちに他のクラスメイトと親しくなったみたいで、廊下《ろうか》側の席で二人の男子と話をしている。たぶん昨日バスケ部の見学に行って、そこで仲よくなったんだ。

残念な気持ちがないっていえばうそになるけど、会話をしなくてすむのはありがたかった。

他人といるより一人でいるほうが楽だ。誰《だれ》かと一緒《いっしょ》にいるのは疲《つか》れる。だって人との交流はいつだって言葉をともなうから。

でも決して人としゃべるのが嫌いなわけじゃない。今だって、できるなら清水くんにバスケ部どうだったとかきいてみたい。だけどそんな言葉も、スムーズに出てくるわけがない。

楽しそうな清水くんの様子を見るのをやめ、自分の席に座《すわ》りながら、なんとなく国語の教科書を開いてみる。

夏目漱石《なつめそうせき》、宮沢賢治《みやざわけんじ》、太宰治《だざいおさむ》、ヘルマン・ヘッセ。何人か知っている作家の名前があった。読んだことのある作品名も。でもシェークスピアはない。

小学生のときも得意だったから、たぶん国語はいい成績が取れると思う。音読のうまさが成績に影響《えいきょう》しなければだけど。

そこで、となりの席で椅子《いす》が引かれる音がした。古部《こべ》さんが登校してきたんだ。

おはよう、と言ってくれるのを少し期待して、同時に心配したけれど、彼女《かのじょ》はなにも言わずに席についた。そして鞄《かばん》から本を取り出し、読み始める。

昨日から思っていたけど、古部《こべ》さんはあまりクラスに馴染《なじ》もうという気を持ってはいないみたいだった。彼女《かのじょ》の前の席は女子で、でも一度も話しかけたりしていない。もちろん他の女子にも。休み時間はいつも一人で本を読んでいて、なんだか話しかけられるのを拒《きょ》否《ひ》しているような雰囲気《ふんいき》があった。

友達を作る気がないのか。それとも僕《ぼく》の勘《かん》ちがいで、話しかけられるのを待っているんだろうか。

でもやっぱり本に視線《しせん》を落とす古部さんの姿《すがた》は、他人を拒絶《きょぜつ》しているように見える。

やがて椎名《しいな》先生が教室に入ってきて、みんなが席につく。

清水《しみず》くんもこっちにやってきた。僕に気づいて、笑う。少し気まずそうに。

「おはよう」

僕は「うん」とだけ返す。もうあまり話しかけられないだろうなって思いながら。

仕方ない。昨日だけでも、僕との会話にぎこちなさを感じていたはずだから。普通にしゃべれる人と仲よくなれたのなら、そっちにいくのはあたりまえだ。

椎名先生が出席を取り始める。今日も手を上げながらの「はい」という返事はつまることなく、無事に出た。

やがて授業が始まる。

今日もあてられませんように。

このときに僕が心の中でつぶやく願いは今までも、そしてたぶんこれからもずっと同じ。


昼休みになった。

昨日はお母さんが弁当を作ってくれたけど、今日は急に夜勤に変更《へんこう》になったらしく作れず、代わりにもらったお金でコンビニのおにぎりを買ってきていた。

鞄《かばん》に手を伸《の》ばし、おにぎりと飲み物が入った袋《ふくろ》を取り出す。でもそこで、予想しないことが起こった。

「あの、柏崎《かしわざき》くんだよね？」

クラスメイトの女子がいきなり話しかけてきた。

「そうだけど……」

「だよね。ごめんね、まだクラスの人の名前はっきり覚えきれてなくて」

「あ、あの、それ……で……？」

「ああ、えっとね、あの人に柏崎《かしわざき》くんのこと呼《よ》んできてって言われてさ」

彼女《かのじょ》が指さした廊下《ろうか》に立っている人を見る。驚《おどろ》いて、同時に戸惑《とまど》った。

昨日放送室にいた男子生徒、立花先輩《たちばなせんぱい》だった。

どうやって僕《ぼく》がこのクラスだって知ったんだろう。いや、もしかして一年の全部のクラスを見て回ってるんだろうか。それに、どうして僕の名前を知っているんだ。

「それじゃ」

女子が僕から離《はな》れ、立花先輩がいるほうのドアから教室を出ていく。すれちがう際に「ありがとう」という先輩の声がきこえた。

僕も仕方なく立花先輩のそばまで行くと、「やあ」と明るい声で言われた。

「悪いね。いきなり教室まで来ちゃって」

「いえ……」

「ところで、お昼まだだよね。一緒《いっしょ》に食べない？」

「えっ……？」

「実はさ、君と一緒に食べようと思って買ってきたんだ。ほら、これ」

立花先輩が持っていた紙袋《かみぶくろ》を開くと、中にはパンが三つほど入っていた。

「このカレーパン、家の近くのパン屋の一番人気で、毎朝すぐに売り切れちゃうんだ。でも今日は早起きして、なんとか三つ買えてさ。弁当かなにか持ってきてるだろうけど、ぜひ食べてみてよ」

「い、いや……でも……」

「なんなら、家に持ち帰ってもらってもかまわないし。その代わり、俺《おれ》の昼飯につきあってくれないかな？　この学校、昼休みだけ屋上が解放されてるから、そこで」

「……はい」

断《ことわ》ろうかと思ったけど、そのための言葉が思い浮《う》かばず、うなずく。それにやっぱり、昨日のことをちゃんとあやまりたいって気持ちもあったから。

コンビニ袋を手に、立花先輩と廊下を歩く。屋上へ向かう間、先輩は話しかけてこなかった。無言で廊下を進み、前を歩く上級生の背中《せなか》を見つめながら、僕はもう思い切ろうと思った。

この人には吃音《きつおん》のことを話してしまおう。たぶん屋上についたら、昨日なんで逃《に》げたのかきかれる。素直に話して、そしてあやまろう。そのうえでどうして放送部に見学に行ったのかも、入部したら迷惑《めいわく》をかけることも言って。

たぶん困《こま》った反応をされると思う。遠回しに放送部には向いていないって言われるかもしれない。

それが普通の反応だ。むしろはっきり言ってもらったほうがありがたい気もする。無理に入部してこの先ずっと気をつかわせるくらいなら、そのほうがいい。

やがてお互《たが》いに無言のまま、屋上に到着《とうちゃく》した。

扉《とびら》を開けるとまず見えたのは青空で、朝も晴れていたけれど、この時間になってさらに雲が少なくなったようでとてもいい天気だった。

緑の金網《かなあみ》がまわりを囲っていて、ところどころに白い木のベンチが置かれている。まだ昼休みが始まって間もないからなのか、見える生徒の数は少ない。

「ちょうどあいてるし、あそこに座《すわ》ろうか」

立花先輩《たちばなせんぱい》が金網そばのベンチを指さす。他の人たちからは離《はな》れた位置で、声もきこえそうにない。ほっとした。関係ない人たちにまで下手《へた》な言葉をきかれたくないから。

「はい、どうぞ」

ベンチに座ると、立花先輩は袋《ふくろ》を開けてカレーパンを差し出してきた。

「どうも……」

断《ことわ》っても押《お》し切られるだろうから、素直にもらう。本当は、ありがとうございますと言いたかった。言えないことが申《もう》し訳《わけ》ないと思った。

「ここのさ、中のカレーがすごいうまいんだよ。絶対気に入ると思う」

「すいません……わ……ざわざ」

「いいって。俺《おれ》が勝手に買ってきたんだし」

「あ、あの……」

言ってしまおう。もう、全部。

「き、き」

「えっ？」

「き、きき、きききき、ききき昨日はすいませんでした。いいい、いき、いきなり逃《に》げ、ににに、に、にににに、にっ、逃げて」

立花先輩はきょとんとしている。かまわず、僕《ぼく》は続けた。

「ぼ、ぼぼ、ぼ、僕、うま、うう、ううう、うまくしゃべれないんです。しゃべるとつ、つ、つか、つつ、つっかえちゃって、だか、だだだ、だからき、ききき、きき、昨日もな、な、なま、ななな、なな名前言えなくてにげ、にげげ、に、逃げて」

息が苦しくなって、言葉が止まる。でも勢《いきお》いに任《まか》せて全部言ってしまうつもりだった。

「ほ、ほほ、放送部にはい、ははは、ははは、入ろうとしたのもこ、こ、ここ、ここ、このしゃべりかたをななな、なな、なお、治そうとして、でっ、でで、でで、でもやっぱりめ、めめめ、めめめめめ迷惑《めいわく》かけるからもうは、はい、はは、ははは、入る気はない、なっ、なななくて、その……」

それからなにを言えばいいかわからなくなった。長くしゃべることに慣《な》れていないから、言葉をつむぐのも下手なんだ。

間《ま》ができる。立花先輩《たちばなせんぱい》の顔を見ることができなくて、自然とうつむいてしまう。

「すいません……」

そして出たのは謝罪《しゃざい》の言葉。ごめんなさいは言えないけど、すいませんは言える。サ行だから。

沈黙《ちんもく》。きっと困《こま》った顔をしているだろう。どう反応したらいいかわからず戸惑《とまど》って。それから優《やさ》しい人は気づかう言葉を、そうじゃない人はからかいの言葉を言ってくるんだ。みんな、そうだった。この人は優しそうだから、たぶん気づかってくれる。でも気づかいの言葉もみじめさを強くするものでしかないから、できることならききたくなかった。

だけど、ちがった。

「そっか」

きこえてきたのはおだやかな声で、それに思わず顔を上げる。目の前に見えた表情は、微笑《ほほえ》んでいた。

「でも、できれば考え直してもらえないかな?」

「えっ……?」

「もう放送部に入る気はないっていうの、考え直してくれるとうれしいな。迷惑かけるって言ったけど、全然そんなことないし」

「で、で、ででで、でも、こ、こここ、こん、しゃべりかたこ、こんななんですよ。かかか、かい、かか、かかかか、会話すらま、ま、まま、まともにでき、でで、でで、で、できないのに」

「うん、たしかにみんなとはちがうと思う。でもさ、会話なんて相手に意思が通じればいいんじゃないかな?」

「い、意思……?」

「会話って、自分の意思や考えを相手に伝えるためにするものだろ? 少なくとも俺《おれ》は君の言うことを理解できてる。ちゃんと意思疎通《そつう》ができてるんだから、君が部に入ってもなにも問題ないよ。普通の会話より少し時間がかかるのかもしれないけど、それにしたってたかが数秒だろう？　安心して。俺《おれ》はそこまで時間に追われた生活してないから。だからノープロブレム」

「いや、でで、でも……」

「俺がよくても他の部員が嫌《いや》なんじゃないかって思う？　それも大丈夫《だいじょうぶ》。なにしろ、現放送部員は俺一人だから」

「えっ……そ、そうなんですか？」

「うん。あっ、でももう一人増えるかもしれない。昨日、柏崎《かしわざき》くん以外にも見学に来た子がいてね。柏崎くんの名前とクラスもその子からきいたんだ」

「えっ、だ……」

誰《だれ》ですか、が出ない。でも言いたいことは通じたのか、立花先輩《たちばなせんぱい》はすぐに答えてくれた。

「古部《こべ》さん。知ってるだろ？」

「えっ……」

古部さんって、まさかとなりの席のあの子か。

そこで、思い出す。昨日、放送室から逃《に》げ出《だ》したあと、階段《かいだん》で古部さんとすれちがった。

あのとき、彼女《かのじょ》は放送室に行こうとしていたんだ。

「さっきもう一人、一年の男子が来たけど名前がわからないって言ったら、そこですれちがった柏崎君じゃないかって教えてくれてさ。よかったよ、彼女と君がクラスメイトで」

「こ……」

「ん？」

古部さんと言おうとして出ず、一度息を吐《は》く。

「こ、こ、こここ……ここ、古部さんが、めめ、めめめ、迷惑《めいわく》におお、おも、おおおお思うんじゃ。ぼ、ぼぼぼ、ぼぼ、僕《ぼく》が入ったら」

「いや、それはないと思うな。絶対にもう一人勧誘《かんゆう》してくださいって彼女に言われたから」

「ど、どどど、どうしてで、ですか？」

「うん……実はさ、新入部員が二人入らないと廃部《はいぶ》になっちゃうんだ、放送部」

「は……いぶ？」

「去年までは俺を含《ふく》めて四人部員がいたんだけど、俺以外の人が全員卒業しちゃってさ。

本当ならその時点で廃部《はいぶ》なんだけど、なんとか四月いっぱいまで待ってもらえるように頼《たの》んだんだ」

「そうな、な、なんですか……」

「だから、ぜひ柏崎《かしわざき》くんに入ってほしいって思って今日は来たんだ。もしかしたら迷惑《めいわく》だったかもしれないけど……。でも本当に俺《おれ》は君に入部してほしいって思ってる。だから、できれば考え直してくれないかな?」

言われて、どうしようかと考えてみる。

心は揺《ゆ》れていた。もともと入部する気持ちはあったんだ。もし本当に僕《ぼく》の存在《そんざい》が迷惑にならないのなら……。

「……でで、ででで、でも、ほ、ほ、本当に入ってもい、い、いいんですか?」

「もちろんだよ。きっと古部《こべ》さんも歓迎《かんげい》してくれると思う」

「で、でも、放送部ってぜ、ぜぜ、ぜぜぜ、ぜぜぜ全校生徒に向かっては、はな、はは、話したりするんですよね。ぼ、ぼ、ぼぼぼ、僕、そんなことと、とと、とと、ととと、とてもでき、でき、でき、できません」

「それなら、しなくてもいいよ」

「えっ……？」

「君がやりたくないなら、しゃべる場面には立たなくていい。俺たちが全部やるから」

「い、いいい、いいんですか……？　め、めめ、め、迷惑にな、なり、ななな、なりませんか？」

「ならないよ。それに同じ部の仲間なんだから、フォローしあうのがあたりまえだ」

「で、で、で、でもこ、ここ、こ、こ、こここ、古部さんにもめ、め、めめめめ、迷惑になるし」

「君は、今までいろんなことを我慢《がまん》してきたんだね」

「えっ……？」

「自分はうまくしゃべれないから、人に迷惑をかけるから、あれはできないだろう、これもやめておこう、我慢しよう」

「……」

「他人があたりまえにやってることを我慢して、あきらめて。そうやって君は今まで過ごしてきたんじゃない？」

たしかにそうだった。小学校時代の六年間、僕はあらゆることをあきらめてきた。吃音《きつおん》だから仕方ないって我慢《がまん》して、他人をうらやみながら過ごしてきた。

「もしそうなら、このへんで自分で自分の世界をせばめるのはやめにしたほうがいいんじゃないかな？」

自分で、自分の世界をせばめる。そのとおりかもしれない。いや、そのとおりだ。

僕《ぼく》はいろんなことをあきらめて、そのせいで世界をせばめて、あのマンションの自分の部屋だけに居場所を作り、ひきこもった。学校で授業を受ける以外はほとんどそこで、一人だけの時間を過ごしてきた。一人でいればしゃべる必要はないから。うまく言葉が出なくて、つらい思いをすることはないから。

「君のそれ、簡単《かんたん》には治らないんだろう？」

「はい……」

「つらいと思う。でもさ、そのせいでいろいろと我慢しちゃうっていうのはやっぱりよくないよ。それはすごく、もったいない」

「……」

「君は昨日、放送室に来てくれた。そういうものを抱《かか》えてるなら、勇気がいることだったと思う。それでも一歩踏《ふ》み出《だ》した。だからひき返したりしないで、もう一歩踏み出してみない？」

もう一歩。入部すれば、そのもう一歩を踏み出せる。前に進める。

不安はある。放送部に入って吃音《きつおん》が改善するかどうかもわからない。

だけど、しゃべる場面には立たなくてもいいって、立花先輩《たちばなせんぱい》はそこまで言ってくれた。

すごくいい人だ。これほど恵《めぐ》まれた状況《じょうきょう》で、断《ことわ》っていいんだろうか。

「は……いります」

「えっ？」

「ほ、放送部には、はは、入ります」

言っていた。

そうだ。こんな恵まれた状況で逃《に》げちゃいけない。やってみよう。迷惑《めいわく》をかけるかもしれないけど、前に進んでみよう。

「本当に？　本当に入ってくれる？」

「は、はい」

「よかった。ありがとう、柏崎《かしわざき》くん。歓迎《かんげい》するよ。これからよろしくね」

「こち、こ、こ、ここ、ここ……ちらこそ」

僕《ぼく》がうまくしゃべれなくても、立花先輩《たちばなせんぱい》は表情を変えない。ずっと笑顔のまま。

そんな人、お母さんとお姉ちゃん以外では初めてだった。この人とならやっていけるかもしれない。

でももう一人、古部《こべ》さんがいる。彼女《かのじょ》も迷惑《めいわく》だと思わないで受け入れてくれるだろうか。

「それじゃあ今日の放課後、放送室に来てくれる？　そこで詳《くわ》しい活動内容とか話すから。古部さんも呼《よ》んであるからさ」

「……はい。で、でで、でも……あの」

「ん？」

「や、やっぱり、か、かか、かかか確認《かくにん》はしておいたほうがい、いい、いいと思います。こ、こ、ここ、ここ、古部さんに。ぼ、ぼぼ、ぼぼぼ僕が入ってもいいか……」

「だめなんて言う権利《けんり》は彼女にないと思うけど」

「い、いえ、それでも……」

「そっか。じゃあ今すぐ、古部さんに伝えておこうか。といっても、すぐには彼女に伝わらないだろうけど」

そう言って、立花先輩は制服のポケットからなにか取り出した。

「えっ……」

それがなにかわかって、少し驚《おどろ》く。取り出されたのはスマートフォンだった。

この学校では、携帯《けいたい》やスマートフォンを持ってくること自体は禁止されていない。でも持ってきた生徒は、放課後まで担任《たんにん》教師に預けなきゃならないことになっていた。僕らの教室でも昨日と今日、朝のホームルームが終わったあとで椎名《しいな》先生が生徒から預かっていて、たしか古部さんも預けていた。

中には、従《したが》わずに預けない生徒もいると思う。けど立花先輩は校則をちゃんと守りそうな人だと思っていた。

「びっくりしてるってことは、柏崎《かしわざき》くんはちゃんと預けてるのかな?」

「い、いや、ぼぼぼ、僕はも、もて、ももも、持ってないので」

入学前に、お母さんに携帯を持つかどうかはきかれた。だけど必要ないって断《ことわ》った。持ったって、お母さんとお姉ちゃんくらいとしかやりとりしないと思ったから。

「あっ、そうなんだ。俺《おれ》が預けてないのは内緒《ないしょ》ね」

笑いながら先輩が言う。あまり罪悪感《ざいあくかん》はなさそうだ。意外に適当なところもある人なのかな。

「古部《こべ》さんは持ってるそうだから、メールで伝えておくよ。昨日、連絡用《れんらく》にアドレス教えてもらったから。向こうはあんまり教えたくなさそうな感じだったけどね」

先輩《せんぱい》がスマホを操作《そうさ》し始める。僕《ぼく》はそれを緊張《きんちょう》しながらながめた。

古部さんは、うまくしゃべれない僕が放送部に入りたがっていることを知ったら、どう思うだろう。

「よし、完了っと」

メールを打ち終えると、立花《たちばな》先輩は僕を見て、小さく笑った。

「そんなに心配する必要はないよ。きっと古部さんも歓迎《かんげい》してくれると思うから」

歓迎。そうは思えなかった。今までに接してきた人たちの態度《たいど》を思い返すと、そんなふうにはとても……。

「ところでさ……柏崎《かしわざき》くんって、もしかして三年生にお姉さんいる？」

「は、はい、い、い、いいい、います」

「やっぱりそうなんだ。いや、同じクラスに柏崎さんって人がいるから、もしかしてと思って。そっか、君は柏崎さんの弟なんだ。なるほど……」

なんか、反応が少し不自然な気がした。気のせいだろうか。

「いや、それにしてもよかったよ。こんなに早く目標がクリアできるなんて。本当にありがとね、柏崎くん」

相変わらず、立花先輩は笑っている。本当にうれしそうな笑顔。

だからその笑顔を見て僕も小さく、たぶんぎこちなくだけれど笑ってみた。愛想笑いじゃない笑みを浮《う》かべたのは、ひさしぶりのような気がした。

それから、立花先輩は放送部のことを話し始めた。といっても活動内容とかじゃなく、卒業した先輩部員たちの話。

去年まで放送部は立花先輩を含《ふく》めて男子二人、女子二人で活動していたらしい。放課後は毎日一緒《いっしょ》にいて、真面目《まじめ》に練習したり、たまにふざけあったり、いろんな思い出があるそうだ。

おもしろい人たちだった、と立花先輩は言った。先輩にとって放送部はとても居心地のいい場所だったみたいで、そういう話からも、廃部《はいぶ》にしたくないっていう思いが伝わってきた。

先輩の話をききながら、カレーパンを食べる。強引《ごういん》に二つ渡《わた》されたせいで、それだけでお腹《なか》いっぱいになり、自分で買ってきたおにぎりには手をつけられなかったけど、先輩の言うとおり、カレーパンはとてもおいしかった。

やがて昼休みが終わり、先輩《せんぱい》と別れて教室へ戻《もど》る。中に入ると、自然と視線《しせん》が古部《こべ》さんへ向いた。

彼女《かのじょ》は朝と同じく自分の席で本を読んでいる。カバーがかけられているので、なんの本かはわからない。

近づいても、古部さんは視線を動かさない。普通なら放送部のことについてなにか話しかけるのかもしれないけど、僕《ぼく》にはできない。今までもよっぽど必要にせまられない限り、自分から他人に話しかけるなんてしてこなかった。

席に座《すわ》る。同時に、となりからページをめくる音がきこえてきた。今も古部さんは他人を拒絶《きょぜつ》しているように見える。

ふと、視線を感じた。反射的《はんしゃてき》に顔を動かすと、古部さんが昨日の朝と同じように僕を見つめていた。手には変わらず本が握《にぎ》られているけど、視線はまちがいなく僕に向いている。

そのまま数秒、見つめあう。なんで見られているのかわからない。でも問いかけることもできず、僕はただ戸惑《とまど》うだけだった。

やがて昼休みの終了を告げるチャイムが鳴った。すぐに教科担任《たんにん》の先生が入ってきて、クラスメイトたちが席につく。そこで、ようやく古部さんも教卓《きょうたく》へと視線を移した。

……見まちがいだろうか。

僕から視線をはなす前の一瞬《いっしゅん》、古部さんが微笑《ほほえ》んだような、そんな気がした。


午後の授業も無事、あてられたりせずに終わった。

放課後は立花《たちばな》先輩に言われたとおり、放送室へ行くつもりだった。そこで、古部さんの返事をきく。そしてもし僕の入部を許してくれれば、これからのことを話しあう。

「それじゃあ、携帯預《けいたいあず》けた奴《やつ》は取りに来い」

教壇《きょうだん》からの椎名《しいな》先生の声に反応して、何人かが席を立った。その中には古部さんの姿《すがた》もあって。

とたん、緊張《きんちょう》が大きくなった。もうすぐ古部さんは立花先輩からのメールを見る。そこには、僕の吃音《きつおん》のことが書かれている。彼女《かのじょ》はいったいどう感じるだろう。

古部さんが携帯を手に自分の席へと戻《もど》ってきて、画面を見つめた。そのまま指を乗せて、操作《そうさ》し始める。立花先輩への返事を打っているのかもって、横目で見ながら思った。

そんな人が入部するのは迷惑《めいわく》です。

頭の中に、文章が浮《う》かんだ。そして今、古部《こべ》さんがそういう文章を打っているんじゃないかっていう想像も……。

だんだん、そばにいることが耐《た》えられなくなってきた。不安で仕方ない。もう教室を出よう。早く放送室に行って、立花先輩《たちばなせんぱい》に古部さんの返事をきいて、だめだったらすぐに放送室を出よう。先輩には、入部をあきらめますと告げて、いなくなってしまおう。

そしてもう二度と、放送室には近づかないようにして。

「行こう、柏崎《かしわざき》くん」

ふいにきこえた言葉に、えっ、と思った。

驚《おどろ》いてとなりを見る。いつのまにか、古部さんがすぐそばに立っていた。

「放送室、行くんでしょ？」

「え……あ……」

「立花先輩からメールが来てたから。柏崎くんが放送部に入ったっていう」

「あ……そ、そう……」

「まだ鍵《かぎ》があいてないかもしれないけど、先に放送室の前で待ってよう」

「う、うん……」

驚きと戸惑《とまど》い、そして緊張《きんちょう》が胸《むね》に充満《じゅうまん》していた。「はい」と「さようなら」以外で初めてきいた古部さんの声。淡々《たんたん》とした、綺麗《きれい》な声。

話しかけられた。なによりも、一緒《いっしょ》に放送室へと言われた。ということは、僕《ぼく》の入部を許《ゆる》してくれるんだろうか……？

古部さんが鞄《かばん》を持って歩き始める。あわてて、僕もそのあとに続いた。

廊下《ろうか》を歩く古部さんはこれまでと同じように無表情だった。でも一緒にと誘《さそ》ってくるなんて、もしかしたら案外に社交的な性格なんだろうか。

「……」

それきり、なにも話しかけられない。……やっぱりあまり社交的な人じゃないのかな。でも、それならどうして誘ったんだろう。

もしかしたら同情されているのかもしれない。僕のことを知って、かわいそうだと思って、優《やさ》しくしてくれているのかもしれない。

そうだとしたら少し嫌《いや》だった。笑われるよりはずっとましだけど、自分がみじめに思えてくるから。

放課後の騒《さわ》がしい廊下《ろうか》を僕《ぼく》らは無言で歩き続け、やがて放送室へとたどりつく。

「ふぅ、まにあった」

同時に、中から声と物音がきこえてきた。声はたぶん立花先輩《たちばなせんぱい》のもので、すでに来ているようだ。

古部《こべ》さんがノックしてドアを開け、中へ入る。僕もそれに続くと、パイプ椅子《いす》に座《すわ》っている立花先輩が見えた。椅子のそばにある机《つくえ》には、ペットボトルの緑茶とオレンジジュースが置かれている。

「ああ、もう来たんだ。早かったね」

立花先輩は昼休みと変わらない笑顔で、僕らにそう言った。

「とりあえず座《すわ》ってよ。そこの飲み物は、俺《おれ》のおごりだから」

昨日ももらったのに悪いなって、心の中で思う。ずいぶんと気前のいい人だ。

古部さんが椅子の一つに座り、僕もとなりの椅子へ腰《こし》を下ろす。先輩とは向かいになる形だった。

「よし、じゃあ始めようか……ん？」

そこで立花先輩がポケットからスマートフォンを取り出して、ちょっとごめん、と言ってから話し始めた。

「もしもし、あ、うん、うん、えっと……うん。ああ、うん……」

電話の相手にあいづちを打ちながら、立ち上がって放送室を出ていく。やけにぎこちない動きだった。

「下手《へた》な演技《えんぎ》……」

「えっ？」

「……さっきメールで伝えておいたの。私たちが放送室に来たら、少し柏崎《かしわざき》くんと二人にしてほしいって」

「えっ、な、な……んで？」

古部さんはすぐには答えなかった。じっと見つめられる。変わらず無表情で、でも真剣《しんけん》な顔つきで。

「柏崎くんが抱《かか》えているもののこと、きいた」

その表情のまま、古部さんは言った。

「でも他人からじゃなくて、本人からちゃんとききたいの。だからここで二人きりにしてほしいって頼《たの》んだ。教室や廊下《ろうか》じゃ誰《だれ》かにきかれて、話しにくいと思ったから。うまく話せなくてもいいからきかせて。私、ちゃんと最後まできくから」

そんなことを言われたのは初めてだった。今まで僕《ぼく》の吃音《きつおん》を知った人はみんな、なるべく僕に口を開かせないようにって考える人ばかりだったのに。

でも、嫌《いや》じゃなかった。むしろうれしい。

「うん……」

だから話そうと思った。たぶん、いや絶対にうまく伝えられないだろう。でも古部《こべ》さんはもう知っている。だったら、かまわない。かまわないはずだ。

「……き、きき、ききき、きつ、吃音って言うんだ。ぼ、ぼぼ、ぼぼ、僕のこ、こここ、ここ、このしゃべりかた。なな、なんでこ、こここ、こうなるのかじじ、じじじじ、自分でもわか、わわわ、わからなくて、それにな、ななな治す方法とかもわか、わ、わわ、わわわ、わかってなくて。む、むむむ、むむ、むむ、昔からず、ずずず、ずず……」

ずっと、がなかなか出ない。一度発声を止めて、小さく呼吸《こきゅう》をする。

「ず、ず、ずっとこうなんだ。だ、だだだ誰《だれ》と話すととと、とき、とととときもこうで、ほ、ほほ、本を読むとと、ときとかもだ、だだ、だめで。で、ででもひ、ひ、ひひ、ひと、ひとり言はちゃんとしゃべれるし、う、ううう、うう、歌をうたうときもだ、だだだ大丈夫《だいじょうぶ》で。じ、じじ、じじじ、じじじじ、自分でもふし、ふふ、ふふ、ふふふ不思議なんだけど。それで、そ、その……」

下手《へた》な説明だなって、言いながら思った。もっとちゃんと言えたら、伝えられたらいいのに。

いつもそうだ。言葉を出すことに注意が向きすぎて、文章を考えることに力を注げない。だから脈絡《みゃくらく》のおかしな言いかたになっちゃう。

しゃべることが、本当に僕は苦手だ。

「ごご、ごごご、ごめん。じ、じじじ、じじ、上手に説明でき、でき、でで、でで、でできなくて、できなくて……」

「そんなことない。ちゃんとうまく言えてる」

「あ、あり……ありり、ああ、あああ、ありがとう。と、と、とにかくふ、ふふ、ふふふふ普通にははな、話せないんだ。だ、だ、だだだ、だからすごくめ、めめめ迷惑《めいわく》かけ、かかかけ、か、かけ、かけ、かけると思う。も、も、も、もし僕がそばにいるのがい、い、いいい、嫌なら、放送部に入るのもやめ、め、やや、やや、やめるから」

「嫌なんかじゃない」

その言葉は、すぐに返ってきた。

「むしろ、いてくれないと困《こま》る。柏崎《かしわざき》くんが入らなかったら廃部《はいぶ》になるんだから」

「ほ、ほほ、ほほほ、他の人がは、はい、は……は、ははは、入るかもしれないし」

「入らないかもしれない」

「で、ででで、ぼ、ぼぼ、ぼぼ、僕《ぼく》はしゃべれないから、ろ、ろく、ろろろ、ろくにか、かつ、かかかつ……」

また途切《とぎ》れる。でもいくら僕が言葉をつまらせようと、古部《こべ》さんは少しも表情を変えなかった。目もそらさず、僕の顔をじっと見つめてきいてくれている。

「かつ、か、かかか、かかか活動のて、てて、ててて、手伝いできないよ。だ、だだだ、だから、こ、ここ、ここ、こ、こ、古部さんのふ、ふ、ふふふ、負担《ふたん》も大きくなるとおも、おおお、思う。ほ、ほほ放送部って、しゃべることお、おお、おおおお、多いだろうし」

「しゃべる仕事は、私が全部やる。もし立花先輩《たちばなせんぱい》が柏崎くんにやれって言っても代わりにやってあげる。無理やりやらせるようなら、そのときは二人そろってやめるって言ってやればいい。そうすればきっと、やれなんて言わなくなる」

「いや、た、たち、たたたた……せ、先輩もしゃべるば、ば、ばば、場面にはたた、た、

た、た、立たなくていいって言ってくれ、く、くくれたから……」

「それならなおさら問題ない。本番は全部、私と立花先輩に任《まか》せればいいんだから。柏崎くんは、ここでしゃべる練習がしたいんでしょう？　だったらそれに専念《せんねん》すればいい」

それはとてもありがたいことだった。お姉ちゃんはしゃべる場面を増やせと言っていたけど、僕が放送部で普通に活動なんてできるわけない。しゃべる活動はせず、話しかたの練習だけ参加するのが望みだったけれど、そのとおりになってくれた。

「ごご、ごご、ご、ごめんほ、本当に……め、め、めめめめ迷惑《めいわく》かけて……」

「迷惑だなんて思ってない」

「あ、あり、あ、あ……ど、ど……」

ありがとう、と言えず、どうもと言い換《い》《か》えようとした。

でも途中《とちゅう》でやめた。この言葉は言い換えずに言いたかったから。言うべきだと思ったから。

「あ、あ、あり、あ、あああ、あああり、ありがとう……」

「どういたしまして」

淡々《たんたん》とした古部さんの声。

優《やさ》しい人だな、と思った。見た目は無愛想《ぶあいそう》でそっけないけれど、僕《ぼく》のしゃべりかたを少しも笑わずに、代わりをしてくれるとまで言ってくれた。

立花先輩《たちばなせんぱい》といい古部《こべ》さんといい、中学生活始まってすぐに出会ったのがこんなに優しい人たちだなんて、僕はとても恵《めぐ》まれている。

それから古部さんが携帯《けいたい》を取り出し、操作《そうさ》し始めた。メールを打っているように見える。

「……せ、先輩に？」

「そう。もう戻《もど》ってきていいって。そういえば、柏崎《かしわざき》くんは携帯持ってないの？」

「うん……」

「持つ気もないの？」

「も、もも、もて、もも、持ってもいいって言われたけど、どうせで、でででで、でで電話なんてでき、でき、でででで、できないし」

「じゃあ、メールは？」

「あ、ああ、ああ、相手がい、いな、いい、いないから……」

「……私とじゃ嫌《いや》？」

「えっ……？」

「私はしてみたい。柏崎くんとメール」

「な、な、なんで……？」

「……だって、これから同じ部で一緒《いっしょ》にやっていくんだから。私は知りたい、柏崎くんのこと。嫌なら、無理強《むりじ》いはしないけど」

「いい、いいいい嫌じゃないよ。じゃあき、きき、今日帰ったら、け、携帯もも、ももも、持ちたいっては、はは、はな、ははは、話してみる」

「じゃあ買ったら、番号とアドレス教えてね。一番に」

「う、うん……」

なんで一番なんだろう。アドレスを教えたくなさそうだったって立花先輩は言っていたのに。やっぱり同情してくれているんだろうか。僕とメールしたがるのも、僕を哀《あわ》れんでいるからで。

だけど、ちがうような気がした。僕の主観でしかないけど、古部さんは自分がしたいからそうしているっていう感じに見えて。

……もしかしたら古部さんは、僕のことを？　そんな思いが湧《わ》きそうになって、でもすぐにそんなはずはないと思い直した。

変なこと考えるな。僕《ぼく》を好きになってくれる人なんているわけないんだ。こんな、まともにしゃべることさえできない男子を好きになるなんて、ありえない。

古部《こべ》さんがメールを打ち終え、携帯《けいたい》をしまう。それから椅子《いす》から立ち上がって、棚《たな》をながめ始めた。

そこには本やプリントをとじたファイルなんかが入っていて、そしてなぜか剣《けん》を持った女の子のフィギュアも飾られている。文庫本くらいの大きさのもので、たぶんマンガかアニメのキャラクターなんだろうけど、なんのキャラかはわからなかった。

古部さんは棚をながめ続けている。視線《しせん》がフィギュアに向いているように見えた。横顔だから表情はよくわからないけど、身動きせずにじっと見つめている。

そこで部屋のドアが開いて、立花先輩《たちばなせんぱい》が入ってきた。「ごめんね、急に電話かかってきちゃって」と笑顔で言いながら。どうやら最後まで演技《えんぎ》を押《お》しとおすつもりのようだ。

「さて、あらためて放送部の説明を……ん？」

立花先輩が椅子に座《すわ》っても、古部さんはまだ立ったまま棚を見つめていた。

「古部さん？」

「えっ？」

古部さんがふり返る。そして立花先輩を見て驚《おどろ》いたような、あわてるような表情をした。

「どうしたの？　なんか気になるものでもあった？」

「いえ……別に」

古部さんが椅子に座る。一度、机《つくえ》の脚《あし》に椅子がひっかかって音が鳴った。

「よし、じゃあ始めようか。なによりもまず二人とも、放送部に入って……いや、まだ入ってはいないか。入ろうって思ってくれて本当にありがとう。君たちのおかげで、この部は廃部《はいぶ》にならずにすみそうだ。感謝してる」

その言葉に僕は小さく頭を下げた。でも古部さんはうわの空みたいで、チラチラと棚のほうに目をやっていた。……フィギュアが気になるんだろうか？

「古部さん、きいてる？」

「えっ、き、きいてます」

「じゃあ続けるけど、放送部は基本、校内放送や、そのための発声、朗読《ろうどく》などの練習をする場所です。毎日活動していて、先輩《せんぱい》たちがいた頃《ころ》はおもに発声練習と筋《きん》トレ、それと昼休みに流す放送と、春と夏は五時半、秋と冬は五時に下校の放送を交代でやってた。昼の放送は音楽をかけたり、一般《いっぱん》生徒から出演《しゅつえん》希望者をつのってラジオ番組みたいな感じでやったり。これがけっこう希望者が多くてさ、一度先生が出たときなんかは……って、その話はいいか。ああそれと、去年は一回ラジオドラマも作ったね。ちなみに、そのドラマの主役は俺《おれ》だったんだよ」

「……そのお昼の放送、私たちもやるんですか？」

「やるかどうかは二人しだいかな。強制じゃなくて、自主的にやってたことだからね」

「それなら、やりたくないです」

「はっきり言うね……。そういう感じのことは嫌《きら》い？　そういえば昨日はきかなかったけど、そもそも古部《こべ》さんはどうして放送部に入りたいの？」

「それは……声の練習がしたかったからです」

「発声練習ってこと？」

「……そうです。発声練習がしたいからです。だから、そういうことをやるよりも練習に時間をかけたいんです」

「そんなにあせらなくても、地道に練習していけばちゃんとうまくなるよ。俺《おれ》も最初はなにもわからなかったけど、先輩《せんぱい》たちに教えられてかなり上達したし」

「それは……そうかもしれないですけど……」

古部さんがうつむいて、口をつぐむ。そのまま少しの間、沈黙《ちんもく》が流れた。

「えぇと……そっか、うんわかった。俺もやりたくないことを無理にやらせる気はないからさ。あっ、でも下校の放送はやらなきゃならないよ」

「どんなことをするんですか？」

「音楽を流しながら、決められた文章をアナウンスするだけ。簡単《かんたん》だよ。まあ、遅《おそ》くまで残らないといけないのが面倒《めんどう》なんだけど」

「それは大丈夫《だいじょうぶ》です」

「それじゃあとりあえずの活動は、基礎《きそ》練習と下校の放送だけってことにしようか。下校の放送は一日交代で、今日は俺がやるから、明日は古部さん。その次はまた俺って形で」

「わかりました」

僕《ぼく》を置いて進んでいく二人の会話。仕方のないことだけど、やっぱり情けなくて、そして申《もう》し訳《わけ》なかった。

「それと入部届《とどけ》は顧問《こもん》の椎名美雪《しいなみゆき》先生……って言ってもわからないかな。英語の先生なんだけど」

「椎名先生なら、私たちの担任《たんにん》です」

「あっ、そうなんだ。そういえば、今年は一年の担任《たんにん》やるって言ってたっけ」

椎名《しいな》先生が放送部の顧問《こもん》。それをきいて、安心するような気持ちがあった。だけど味方になってくれると決まったわけじゃない。そもそも椎名先生は、まだ僕《ぼく》が吃音《きつおん》だって知らないだろうし。

「その椎名先生に入部届《とどけ》を出してほしいんだけど、明日中に出せる？　下校の放送やるなら、正式に部員になってなきゃいけないから」

「わかりました」

「は、はい」

それから、室内にある機材や防音室についての説明をされた。基本的に発声練習は防音室でやり、去年までの昼の放送の際にも使っていたらしい。でも下校の放送は機材の関係で、こっちの部屋でやるそうだ。

「とりあえず、説明することはこれくらいかな。なにか質問ある？」

「……あの」

「はい、古部《こべ》さん」

「先輩《せんぱい》って卒業までずっと私たちと一緒《いっしょ》に活動するんですか？　それともどこかのタイミ

ングで引退するんですか？」

「あっ……えっとね、それは……」

なんだか立花《たちばな》先輩の表情が急にくもったように見えた。

「……あのさ、実は二人にあやまらなきゃならないことがあるんだ」

「なんですか？」

「俺《おれ》は三年生だから、長い時間、君たちの面倒《めんどう》は見てあげられない。しかも実は、ある人と約束しててさ。もし部員が集まって存続が決まったとしても、部の活動は最小限にして受験に向けての勉強を優先《ゆうせん》する。放課後もその人と一緒に勉強するって」

「最小限とは？」

「とりあえず、しばらくは普通に活動するつもりでいるよ。新入部員になにも教えないまま放っておくわけにはいかないし、二人が知りたいことは全部教える。それで俺がいなくても大丈夫《だいじょうぶ》って形になったら、悪いけど引退させてもらおうと思ってる。部長も君たちのどちらかにやってほしい。もちろんそのあとでも、なにか困《こま》ったことや疑問《ぎもん》に思ったことがあったら頼《たよ》ってくれていいから」

「しばらくって、どれくらいですか？」

「はっきりとは決めてない。でもまあ、遅《おそ》くとも夏休み前には勉強に専念《せんねん》したいかな……。ごめん、本当、無責任《むせきにん》だよね。勧誘《かんゆう》しておいて悪いと思ってる」

立花先輩《たちばなせんぱい》が頭を下げる。そんなにあやまらなくていいのに、と僕《ぼく》は思った。先輩には先輩の事情があるんだし、もともと三年生はどこかで部活を引退するのが普通だ。お姉ちゃんがいた演劇部《えんげきぶ》なんて、進級と同時に引退なんだし。

「志望校、厳《きび》しいんですか?」

「うん……まあ、今のままだとちょっとね。俺《おれ》が頭よくないってのもあるんだけど、日本語での勉強のブランクもあるからさ」

「日本語?」

「実は俺、去年の夏までアメリカに住んでたんだ。八歳《さい》のときから、親の仕事の都合でね。しかも日本人学校じゃなく、向こうの普通の学校に入れられたから、もう英語ざんまいでさ。放送部に入ったのも、ここならたくさんしゃべるだろうから、日本語のブランク取《と》り戻《もど》せるかなって思ったからなんだ」

八歳からなら、七年くらい日本を離《はな》れていたことになる。その間ずっと英語で勉強していたなら英語は有利だろうけど、それ以外の科目の受験勉強は苦労が大きいはずだ。

「……それなら、明日から勉強に専念《せんねん》したらどうです？」

「えっ、明日から？」

古部《こべ》さんの言葉に、思わず僕も彼女《かのじょ》の顔を見た。

「私たちのせいで高校に落ちたら責任《せきにん》感じます。それに今の時点で厳しいのなら、夏からじゃ遅いですよ。今から専念したほうがいいと思います」

「いや、もちろん早いほうがいいのはたしかなんだけど……いくらなんでも明日からはだめだよ。後輩を指導するのは先輩の仕事なんだし、それで古部さんが責任感じる必要なんてないって。それに、発声練習したいんでしょ？　やりかたわかるの？」

「それは……そこにある本とかを読めば大丈夫《だいじょうぶ》です。わからないことがあれば、ききますし。だから、明日からもう勉強に集中してください。ここへは来なくていいですから」

やけに強引《ごういん》だなと、横できさながら思った。受かってほしいって思うのはあたりまえのことだけど、それにしてもずいぶん。

「気持ちはありがたいけど、それはできないよ。せめて一週間……いや一ヶ月はちゃんと教えないと」

「なら、一週間でいいです。受験生にとっての一ヶ月がどれだけ大事か、志望校に受かりたいなら、もっとちゃんと考えてください。それに責任《せきにん》感じるなって言われても、落ちられたら感じるに決まってるじゃないですか。私たちの世話をしてたんだから仕方ないなんて、思えるわけないですよ」

古部《こべ》さんのしゃべりかたには静かな迫力《はくりょく》があった。有無《うむ》を言わさぬという感じで、それを受けた先輩《せんぱい》が困《こま》った顔になる。うーんとうなりながら、おでこのあたりをポリポリとかき、それからちらりと僕《ぼく》を見て。

「……柏崎《かしわざき》くんは、どう思う?」

なんて答えようか迷った。本音では、先輩にいろいろと発声のことを教わりたい。練習を見てもらってアドバイスしてほしい。

「……だ、だだ、だだだ大丈夫《だいじょうぶ》です」

だけど、僕はそう答えた。教わりたいけど、それと同じくらい受験に失敗してほしくなかったから。それに古部さんの言うとおり、先輩が志望校に落ちたら絶対責任を感じちゃうだろうし。

「そっかぁ……。うーん……」

先輩はまだ考えているようだった。そのまましばらく先輩のうなり声だけがきこえていて、でもやがて。

「……わかった。じゃあそうさせてもらうよ。ありがとう、二人とも。二人のためにも必死に勉強して、絶対に合格してみせるから」

「が、がががが、がんばってくだ、ください」

「うん。ありがとう」

立花《たちばな》先輩がにこりと笑う。それを見て、言ってよかったと思った。

「それじゃあ、さっそく練習のやりかた教えようか。今日はゆっくりおしゃべりでもと思ってたけど、一週間しかないなら、すぐ始めないと」

「わかりました」

「は、はい」

そうして、僕にとって初めての部活動が始まった。

まず立花先輩が発声練習のやりかたを教えてくれる。発声練習といっても種類があるようで、『ア、エ、イ、ウ、エ、オ』と一音ずつ口の形を変えて声を出し、顔の筋肉《きんにく》をほぐし、滑舌《かつぜつ》を鍛《きた》えるもの、『ア、ア、ア、ア』と同じ音を一定の高さをたもったまま繰《く》り返《かえ》すもの、『アー』と声を伸《の》ばし、長く続けられるようにするものなどいろいろだった。その他にも正しい姿勢《しせい》や腹式呼吸《ふくしきこきゅう》を身につける練習、筋《きん》トレも必要で、腹筋《ふっきん》や背筋《はいきん》運動のやりかたも教わる。

どの練習も立花先輩《たちばなせんぱい》はうまかった。それはあたりまえだけど、古部《こべ》さんもかなり上手《じょうず》にできていて、古部さんの滑舌《かつぜつ》のよさや、一音一音がはっきりとした声には先輩も驚《おどろ》いていた。

それにくらべて僕《ぼく》はひどかった。下手《へた》なうえに、つっかえるから。話すときよりましだし、古部さんとあわせて発声するときは大丈夫《だいじょうぶ》だけど、『ア、エ、イ、ウ、エ、オ』と一人で言うときにたまに『ア、エ、イ……ウウウ』ってなっちゃう。

だけど立花先輩も古部さんも僕がいくら言葉につまろうと、音を繰《く》り返《かえ》そうと、一度も笑ったり顔をしかめたりしなかった。

声を出す合間に、先輩が何度もアドバイスをくれる。この練習が吃音《きつおん》の改善につながるかは正直わからなかった。意味がないような気もする。でも、今までこんなに声を出したことはなかったから、それだけでもいいことのはずだと思いながら、僕は練習を続けた。

「よし、じゃあ今日はこのへんにしておこうか」

先輩がそう言ったのは、時計の針《はり》が五時半に近づいたころだった。窓《まど》の外に目をやると、空がだいぶ赤みがかっていて、その下のグラウンドではサッカー部と野球部がまだ練習を続けていた。

発声練習を始めてからおよそ一時間半。休憩《きゅうけい》しながらだったからそれほどの疲《つか》れはないけど、のどに少し痛《いた》みがあった。

「どうだった、二人とも？　この先も続けていけそう？」

「大丈夫です」

「古部さん、本当にうまいね。滑舌いいし、声もすごくききとりやすい。俺《おれ》の最初とはくらべものにならないよ。柏崎《かしわざき》くんはどうだった？」

「ややや、やて、やっていけ、いけます、の、ののど少しいた、いい痛いですけど」

「あっ、ごめん、ちょっと続けてやらせすぎたかな。今日はできるだけ、のど休めてね。家に帰って練習したりしちゃだめだよ」

先輩のせいじゃない気がした。僕はいつも声を出すことを避《さ》けているから、少しやっただけで痛《いた》くなっちゃうのかもしれない。

「それじゃあ、最後は下校の放送だね。古部さん、こっちに来て」

立花先輩と古部さんが、放送機材の前に立つ。それから先輩が実際に下校の放送をしてみせる形で、古部《こべ》さんにやりかたを教えた。

横で見ながら、一応、僕《ぼく》も作業の順序を覚えようと努力した。もしいつか普通にしゃべれるようになって、放送部の部員としてちゃんと力になれるときのために。


校舎《こうしゃ》をあとにした、帰り道。

立花先輩《たちばなせんぱい》とは校門を出たところで別れ、それからは古部さんと二人で歩くことになった。

空に浮《う》かんでいるのは、春の鮮《あざ》やかな夕焼け。こんな遅《おそ》い時間に下校するのはひさしぶりだった。小学生のときは、いつも授業が終わるとすぐに校舎を出ていたから。

「ねえ、柏崎《かしわざき》くん」

校門からしばらく歩いたところで、古部さんが話しかけてきた。

「いつからなの?」

「えっ?」

「吃音《きつおん》、いつからなの?」

きかれた瞬間《しゅんかん》、身がまえるような気持ちになる。なんでそんなこと知りたいんだろう。

「言いたくない?」

「い、いい、いや……そんなことな、な、ななな、ないけど」

古部さんは足を止めず、顔も前に向けたままでいる。僕も歩きながら、少しうつむき気味にして答えた。

「はは、はっきりとはわ、わ、わか、わわ、わからない。で、ででで、でもい、い、いいい意識し始めたのは小学い、いい、いいい一年のとと、ととと、とき」

「少しでも軽くなったりしたことはないの?」

「ちちちょ、ちょ、調子いいと、と、とき、ときとわわ悪いときがあるけど、かかかか軽くなったたってお、おも、思ったことはな、ないかな」

「一人で話す練習とかしたことある?」

「ああある、あるけど、ぜぜ、ぜぜぜ全然こ、効果なかった」

「そう……しゃべれないこと、家族に怒《おこ》られたりする?」

「いい、いや、しないよ」

「治せとか、親に言われたりしないの?」

「あああ、姉にはなお、なお、治したほうがいいっていいい、いい言われたけど、は、ははは、はは……」

母が言えない。『お母さん』と言《い》い換《か》えることはできるけど、女子の前で『お母さん』は少し恥《は》ずかしかった。

「……は、は、ははは、母親にはいい、言われない」

「父親には？」

「う、うち、ち、ちちち、父親がい、いな、いないから。ぼ、ぼぼぼぼ僕《ぼく》が幼稚園《ようちえん》のこ、こ、こここ、ここ、頃《ころ》にし、死んじゃって」

「そうなんだ……ごめんなさい」

「いいよ、べ、べべ、べべべべ別に。ちち、ちちち父親のことぜ、ぜぜぜ全然お、おおおお、おぼ、覚えてないし」

本当は少しだけ覚えている。思い浮《う》かぶのは、大きな病院の病室にいるお父さんの顔。お母さんとお見舞《みま》いに来た僕《ぼく》を見て、優《やさ》しそうに笑っている顔。

だけど、最期《さいご》のときの顔は覚えていない。そのときもお母さんとお姉ちゃんと一緒《いっしょ》に、僕はそこにいたはずなのに。だから悲しかったのかどうかもわからなかった。

「お姉さんには、どういう感じで言われるの？　きつい感じ？」

「そそ、そうでもないかな。なななお、治す方法か、かかか考えて、アアア、アア、アドバイスしたりし、してくれるし」

「どんなアドバイス？」

「ひひ、人とたく、たく、たた、たくさんしゃべってじ、じじ自信をつけろとか」

「そうなんだ。優しい家族でよかったね」

「う、うん」

「小学校ではどうだった？　ひどいことされなかった？」

「そそ、そんなひどいこ、ことはされてないかな」

「友達はいた？」

「……ああ、あんまり」

あんまりじゃなくて一人もいなかった。でも本当のことは言いたくなくて、うそをついた。

「そっか……。ごめんなさい、いろいろ思い出したくないことといちゃって」

「いいい、いいよ。きき、きき……気にしてないから」

「本当？　それなら、これからも柏崎《かしわざき》くんについて知りたいと思ったことがあったら質問していい？」

「うん……い、いいけど……」

「よかった。ありがとう」

そう言って、少しだけ古部《こべ》さんが笑った。彼女《かのじょ》のはっきりとした笑みを、そのとき初めて見た気がした。

なんで僕《ぼく》のことなんて知りたいんだろうって歩きながら思う。でもきく勇気は出なかった。きけないから、なんだかもやもやとした気持ちが胸《むね》に湧《わ》いていたけど、それは意識しないようにした。意識すると、おかしな勘《かん》ちがいをしちゃいそうだったから。

やがて駅につくと、改札を抜《ぬ》け、一緒《いっしょ》のホームへと向かった。

ホームには同じ制服がいくつか見えた。一人で電車を待っている生徒もいるし、二、三人でしゃべっている生徒もいる。でも男女二人という組みあわせは僕らだけで、少し落ちつかない気持ちになったけど、古部さんは特に気にしていないようだった。

電車はすぐに来た。乗りこんだ車両はすいていて、その中でも古部さんは近くに人のいない席に座《すわ》った。

でも、僕はすぐには座らなかった。となりに座っていいものかどうか迷う。

「座らないの?」

「え、あ……うん」

でも結局は座ることになる。

電車が動き出し、窓《まど》の外の風景がゆっくりと流れ始める。離《はな》れた場所から会話がきこえてきて、でも僕らの間にそれは起こらない。

こういうとき、なにか話しかけるべきなんだろうけど、僕にはできなかった。自分から会話を始めようとするときが一番出にくい。だから他人といても、僕はいつも相手が話し始めるのを待つ。

でも古部さんもなにも言わない。前方の窓に目を向けて、じっとしている。鞄《かばん》の中には本が入っているはずだけど、読み始める気配もなかった。

「ねえ、柏崎《かしわざき》くん」

「えっ、な、なな、なに?」

と思ったらいきなり話しかけられて、少し返事の声がうわずってしまった。

「私たち、もう友達?」

「えっ?」

「私たちって、もう友達になったのかな?」

「え、えっと……ど、どど、どうだろ……」

「じゃあ今ここで、友達になってくれる？」

「う、うん、もち、もちろん」

言われた言葉への驚《おどろ》きとか戸惑《とまど》いとか、それにうれしさとかを隠《かく》しながら答える。

「ありがとう」

こっちを見て、古部《こべ》さんが小さく微笑《ほほえ》む。目の前の、整った顔に浮《う》かんだその笑みに、どぎまぎした。

「で、ででもさ……その……ぼ、ぼぼ、ぼ……」

僕《ぼく》、と言おうとしてつまる。

古部さんはこういうとき、『なに？』とか『どうしたの？』とかきいてこない。さっきからずっとそうで、それが不思議だった。今まで接してきた人は、すぐにつまった言葉の先をうながそうとしてきたのに。

どちらが楽かと言えば、なにも言われないほうがずっと楽だ。先をうながされたらあせって、余計《よけい》出にくくなっちゃうから。

「ぼ、ぼ、ぼ……ぼぼ、僕でいいの？」

「どういう意味？」

「ぼ、ぼ……くなんかがとも、と、とと、とと、ととと友達でいいの？」

「……どうしてそんなこときくの？」

「だ、だだ、だて、だって、ぼ、ぼぼぼ、ぼぼ……ぼぼ、僕、こ、こ、こ、ここ、こんなしゃべりか、かか、かただから……」

「そんなの関係ない」

少し、古部さんの口調が強くなった。

「いや、でで、でもさ……」

「今まで柏崎くんのまわりにいた人がどうだったかは知らないけど、私はそんなこと気にしない。そもそも少しうまくしゃべれないからって、それがなんだっていうの？　吃音《きつおん》の人は友達作っちゃいけないの？　ずっと一人でいなきゃいけないの？」

「え、いや……」

「そんなこと絶対にない。しゃべれないのなんて気にしないでよ。少なくとも私といるときは、僕でいいのかなんて、そんな言葉絶対に言わないで」

「う、うん……ごご、ごめ、ごめん……」

そう答えながら、僕《ぼく》はすごく戸惑《とまど》っていた。どうしてこんなに真剣《しんけん》になるんだろう。どうしてこんなに真剣な顔で、僕にそんな言葉を言ってくれるんだろう。

わからなかった。古部《こべ》さんが優《やさ》しいから、ただそれだけなんだろうか。

そこで電車が駅に止まる。スーツを着た男性が一人乗ってきて、また電車は動き出した。

次が僕の降《お》りる駅だった。古部さんが降りるのは、そこから三つ先の駅。

「ほ、ほほ、本当にご、ごごご、ごめん……」

「……もういい、私もちょっと言い過ぎた。だけど……もうさっきみたいなことは言わないって約束してほしい」

「うん、わわ、わかった」

どうしてだろうって、また思う。もちろん優しい人は今までにもいた。でも今の古部さんみたいなことを言ってくれた人は一人もいなかった。お母さんやお姉ちゃんにも言われたことない。

古部さんといると、初めてなことばかりだ。なんで彼女《かのじょ》は、今までの人たちとこんなにちがうんだろう。

それきり古部さんはなにも言わなくなった。僕も話しかけられなくて、そんな中で再《ふたた》び電車が止まり、見覚えのある駅のホームが窓《まど》の外に見えた。

「そ、それじゃあ」

「さよなら。また明日」

「うん、さ、さよなら」

その日最後に見た古部さんの表情は、笑顔でもなく怒《おこ》ってもいなく、すでに見慣《みな》れた無表情だった。

電車を降りたあと、駅のホームから、ちらりと古部さんを見てみる。すると彼女もこっちを見ていて、笑いかけてはくれなかったけれど、小さく手をふってくれた。

僕も手をふり返し、そのまま電車が去っていく。それから改札へと向かった。

友達ができたんだ、と歩きながら思う。それはたしかにうれしかった。

でも中学生活で初めてできた友達が、そして初めて一緒《いっしょ》に帰ったのが女の子だって考えると、なんだかむずがゆいような気分だった。


マンションへつくと、エレベーターでお母さんと行きあった。今日は仕事は休みで、買い物袋《ぶくろ》を持っていて、近所にあるスーパーに行った帰りのようだ。

「あら、おかえり」

「うん」

いつもはリビングで交わす会話を、エレベーターホールでする。携帯《けいたい》のことを切り出そうかと思ったけど、ここではやめておいた。もし誰《だれ》か乗ってきて、つっかえた言葉をきかれたら嫌《いや》だから。

「学校はどう？　楽しく過ごせそう？」

「うん。ま、まあまあ」

「友達はできた？」

「うん……」

女の子の友達だけど。

「そう。よかったわね」

ほっとしている口調。普段《ふだん》はなにも口出ししてこないけど、やっぱり普通じゃない息子のことは心配なんだ。

「あ、あ、あのさ」

部屋について、中に入ると同時に、僕《ぼく》は切り出した。

「ん、なに？」

「け、け、け、携帯もて、も、もも、ももも、ももも、持ってもいいかな？」

「あら、ついこの間いらないって言ったのに？」

「うん、で、でも、と、と、とも、とと、友達が……」

「友達が？　なに？」

「け、けけけけ、携帯もも、持ってて」

「ああ、友達が携帯を持ってるから欲《ほ》しくなったのね？」

「うん……」

「いいわよ。じゃあ、今度のお休みに買いに行きましょうか。それとも今からがいい？」

「……じゃあい、い、いい、今から」

「わかった。ちょっと待っててね。買ってきたもの、冷蔵庫に入れちゃうから」

お母さんがキッチンへと向かい、僕も鞄《かばん》を置きに一度自室に戻《もど》って、それから再《ふた》び外へ出た。靴《くつ》がないので、お姉ちゃんはまだ帰ってきていないようだった。

僕の初めての携帯電話購入《こうにゅう》は、すぐに終わった。マンションの近くの販売ショップで、シンプルな外観のできるだけ安いものを買ってもらった。

「お姉ちゃんはスマートフォンだけどいいの？」とお母さんにきかれたけど、僕《ぼく》にとってはメールができればなんでもよかった。いろいろな機能にも興味ない。

「あまり使いすぎないようにね」

店を出たあとで、お母さんに言われる。うん、とだけ答えたけど、そんなことになるはずなかった。僕の携帯《けいたい》使用料なんて、ほんのごくわずかだと思う。

マンションの部屋に戻《もど》ると、玄関《げんかん》にお姉ちゃんの靴《くつ》があった。僕らがいない間に帰ってきたようだ。

自分の部屋に入って、携帯電話が入った袋《ふくろ》を机《つくえ》に置く。着替《きが》えようと制服のボタンに手をかけたところで、ドアがノックされた。

「悠太《ゆうた》……ちょっといい？」

お姉ちゃんの声だった。

「うん」

お姉ちゃんが入ってくる。制服のままで、表情が少しあせっているように見えた。

「あのさ、悠太……その……」

「な、な、なに？」

「その……部活なんだけどさ、もうどこかに見学に行ったりしたの？」

「うん、まあ……」

なんか様子がおかしいな。そう思いながら、僕は答えた。

「どこに行ったの？」

「ほ、放送部……け、けけ、けけけけ見学というか、もう入部するつもり。あ、あああ明日、入部届《とどけ》もだだ、だだだだだ出す」

「そう……なんだ……」

驚《おどろ》かれると思ったのに、全然そんなことなかった。やっぱりおかしい。

「なんで放送部にしたの……？」

「は、発声方法とかおお、おし、教えてもらえるかと思って。それと四月いっぱいでぶ、ぶぶ、部員がふ、ふ、ふふふふ、二人入らないとは、はは廃部《はいぶ》になるからぜ、ぜ、ぜひ入ってってい、いわ、いいい、言われて」

「だけど、あんたが放送部なんて……」

「だ、だ、だだ、大丈夫《だいじょうぶ》。先輩《せんぱい》と、も、もう一人の新入ぶぶ、ぶぶぶ部員がすごくいい人で、ぼ、ぼぼ、僕《ぼく》はしゃべるば、ば、ばばばば、場面にはたたた、たた、立たなくていいっていい、い、言ってくれたから」

「そう……」

「た、たた、たた、たたた、立花孝四郎《たちばなこうしろう》って人、おおおお、おお姉ちゃん、知ってるでしょ？」

「え……ああ、うん、知ってる。そういえば立花くん、放送部だったっけ」

「うん……」

「じゃあ……これからしばらくは放送部でやっていくのよね？」

「そのつ、つ、つつつ、つもりだけど」

「そうよね……」

「ま、まま、まずかった？」

「えっ？　な、なに言ってんのよ。まずいわけないじゃない。よかったわね。一歩踏《ふ》み出《だ》せたじゃない」

「うん……」

「がんばりなさいよ。……立花くんになるべく迷惑《めいわく》かけないように」

「うん……」

「えっと……じゃあね」

お姉ちゃんが部屋を出て行こうとする。待って、と僕《ぼく》はその背中《せなか》に声をかけた。

「け、けけ、けけ、携帯《けいたい》か、かかかか、買ったから、おお、おおお、お姉ちゃんのば、ば
ば、番号もととと登録《とうろく》しておきなさいっておか、お母さんが」

「携帯持ったの？」

「うん」

「なんで急に？　いらないって言ってなかった？」

「も、もも、も、もう一人の新入部員にメールしたいっていわ、いいい、いい、言われて」

「へえ、その子と友達になったんだ。どんな子？」

「……ややや、優《やさ》しいかな」

「ふうん。よかったじゃない」

女の子だって言ったら、やっぱり驚《おどろ》かれるだろうか。もしかしたら変な疑《うたが》いも持たれるかもしれない。当分、古部《こべ》さんのことはぼやかしておこうと思った。

電話番号とメールアドレスを教えあったあと、お姉ちゃんが部屋を出て行く。いつもと様子がちがった理由はわからなかったけど、それ以上は気にせず、携帯を机《つくえ》に置いて私

服に着替《きが》えた。

そういえば、番号とアドレスを一番に教えてほしいって古部《こべ》さんが言っていた。家族はその順番に入ってしまうだろうか。いや、きっと、古部さんだって家族の番号を登録していると思うし大丈夫《だいじょうぶ》だろう。

でもお母さんとお姉ちゃんには悪いけど、できれば僕《ぼく》も古部さんの番号を一番に登録したかったなと、少し思った。


それからの一週間、僕はたくさんの声を出し続けた。放送室で毎日、毎日。言葉をつまらせながら、そういう僕を笑わない人たちと一緒《いっしょ》に。

放送室にいるときとはちがい、教室の中では口を開く機会はほぼなかった。たまに清水《しみず》くんに挨拶《あいさつ》されるくらいで、授業中もあてられなくて、だから僕にとってはすごく幸せな日々だった。


そんなふうに、僕の中学生活は思いのほか順調に始まった。優《やさ》しい先輩《せんぱい》に出会え、友達もでき、部活にも入ることができた。

本当に、恵《めぐ》まれすぎたスタートだ。たぶんこれから、僕は今までとはくらべものにならないくらいしゃべるんだと思う。きっと、たくさん失敗するだろう。でも大丈夫だ。だってそばにいるのは、僕がそうなっても気にしないでいてくれる人なんだから。

この先たくさん練習して、古部さんとも会話すれば、話すことに自信がついたりするんだろうか。今はまだわからないけど、可能性《かのうせい》はある。成功体験を積み重ねる。古部さんが相手なら、それができるかもしれないから。

完治はしなくても、少しでもよくなればいい。そうなったら、いつかは古部さん以外の人とも、あまり失敗を気にせず話せるかもしれない。クラスにも馴染《なじ》めて、友達もたくさんできるかもしれない。からかわれたり笑われたりしない日々を、人生で初めて過ごせるかもしれない。

でもそういう僕《ぼく》のささやかな望みは、いつも吃音《きつおん》によってさえぎられてきた。

そしてやっぱり、今回も。

第三章　教科書が読めない

「じゃあまずは、柏崎《かしわざき》」

国語担当《たんとう》の男性教師に名前を呼《よ》ばれたのは、立花先輩《たちばなせんぱい》との最後の練習が終わった翌日《よくじつ》だった。

四時間目。授業が始まってから、だいぶ時間が過ぎたところであてられた。

音読だった。

『走れメロス』。以前に文庫本で読んだことがある。だからといって、なにかが変わるわけじゃなかった。

読むように言われたのは冒頭《ぼうとう》の部分。メロスは激怒《げきど》した、という言葉から文章は始まる。

名前を呼《よ》ばれた瞬間《しゅんかん》、息がつまるような感覚がして、体がかたまった。教科書を持つ手から汗《あせ》がにじみ出してくる。

古部《こべ》さんがこっちを見ていた。でも僕《ぼく》は視線《しせん》をあわせず、教科書の文字だけをじっと見つめていた。それ以外の余裕《よゆう》なんてなかった。

「どうした？　もしかして、激怒が読めないのか？」

からかうように先生が言う。逃《に》げ出《だ》したいって思った。

「いえ……」

でも、その気持ちはおさえた。もう逃げたくなかった。自己紹介《じこしょうかい》のときとはちがう。自分を変えたくて、初めて一歩踏《ふ》み出《だ》せたんだ。今ここで逃げたくない。

だから読むことにした。一度小さく深呼吸《しんこきゅう》をして、そして。

「メ、メメ、メ、メ……」

メロス。メロス。メロス。

「メ、メロ、メ、メロスはげき、げ、げげ、げげ、げげげげ激怒した」

とたん、周囲がざわついた。でも気にしている余裕《よゆう》なんてない。

「か、かか、かか、必ず、か、か、か、かのじゃ、じゃ、じ、邪知暴虐《じゃちぼうぎゃく》の王をの、のの、ののの、除《のぞ》かねばなら、ななな、ならぬとけ、けけけ、け、け、け……けけけけけ決意した」

どこかで笑い声がきこえた。とても嫌《いや》な気持ちになる。やっぱり逃げ出したい。でももう遅《おそ》い。

「メ、メ、メメ、メメメメ、メロスには政治がわ、わか、わかか、わ、わわ、わからぬ。メ、メ、メ、メ、メロスはむ、むむむ、むむ、むむ村のぼぼ、ぼ、ぼぼ、ぼぼぼ、牧人《ぼくじん》である」

胸《むね》が苦しい。言葉の合間に息を吸《す》いこんでもうまく酸素《さんそ》が入ってこない。全身がこわばり、あごのつけ根が引きつる。つらい。

「ふ、ふふふ、笛を吹《ふ》き、ひ、ひ、ひひ、羊と遊んでく、く、くく、くっ、暮《く》らしてき、ききき、来た。け、け、けけけっ、けれどもじ、じ、じじ、じじじじ……邪悪《じゃあく》に対しては、ひ、ひと、ひひ、人一倍にび、びび、び、び、びびび、びびび……敏感《びんかん》であ、あった。今日、み、み、み、みみ、みみみみ……みみみ……」

未明、で大きくつまる。カ行でもタ行でもないのに。今日は普段《ふだん》より調子が悪いのかもしれない。

「そ、そこまででいいぞ、柏崎《かしわざき》」

言った先生の表情は、あきらかに動揺《どうよう》していた。

「……はい」

「じゃあ続きを、その前の席の清水《しみず》。読んでくれ」

「あ、はい」

清水くんが続きを読み始める。すらすらと、少しもつっかえることなく。

何人か、ひそひそと言いかわしているのが見えた。どうしようもなくいたたまれない気持ちになる。つらすぎて、いっそ顔をふせてしまいたい。

思わず、唇《くちびる》をかんでいた。大きく失敗したり、くやしい思いをしたときの僕《ぼく》の癖《くせ》だった。

小学生の頃《ころ》から、心がきつくなったあとはいつもこの癖が出る。

こういうとき、なにか起こればいいのにって思う。教室に不審者《ふしんしゃ》が飛びこんできて大騒《おおさわ》ぎになればいいのに。そうすれば今の僕の失敗なんて忘《わす》れ去《さ》られるだろうから。

バカな考えだってわかっている。わかっているけどそう思っちゃう。それくらい、吃音《きつおん》をさらしたあとのこの時間は僕にとってつらいものだった。

でもそんなことは決して起こらない。少なくとも授業が終わるまで、僕はみんなの反応を浴《あ》び続《つづ》けるしかない。向けられる視線《しせん》に、耐《た》えるしかない。

清水くんの音読は続く。なんでこんなにすらすらと読めるんだろう。なんでみんな普通にしゃべれるんだろう。なんで、僕だけがこうなんだろう。

やがて次の人があてられ、その人が終わるとまた次の人。五人読み終わった時点で物語は終わり。みんな、僕《ぼく》の何倍もの文章を読んでいた。それで、さっきは先生が僕を気づかってくれたのだということがわかって、またつらい気持ちになった。

先生が黒板に文字を書き始める。でも一文字書いたところでチャイムが鳴った。

「あっ、時間か。じゃあ今日はここまで」

今週の当番である男子が号令をかけて、授業が終わる。

とたんに教室がざわめき始めて、できればすぐに教室を出ていきたかった。でも体が動かなかった。動いたら、みんなの視線《しせん》が集中するんじゃないかと思うと立ち上がれない。

今も何人かに見られていた。彼《かれ》らは昼休みなのに弁当を広げず、こっちを見てささやきあっている。

嫌《いや》だったけど、仕方なかった。あんなのきいたら誰《だれ》だって驚《おどろ》く。戸惑《とまど》う。気味悪がる。

鞄《かばん》の中にある、お母さんが作ってくれた弁当。今日は食べられないかもしれない。少なくとも教室内では無理だ。だけど教室を出ることもできそうにない。

もう顔をふせて寝《ね》ているふりをしちゃおう。そう思った、そのとき。

「柏崎《かしわざき》くん」

名前を呼《よ》ばれた。すぐとなりから。見ると、弁当箱を手に持った古部《こべ》さんが立っていた。

「お弁当、一緒《いっしょ》に食べない？」

「えっ……？」

「二人で食べたいの。できればここじゃなくて、屋上かどこかで」

「二人で……」

「そう。私とじゃ嫌《いや》？」

「いい、いや……そんなことないけど……」

「よかった。じゃあ、行こっか」

「う、うん」

あわてて、鞄から弁当箱を取り出す。そこでふと、さっきよりも多くの目に見られていることに気づいた。

「早く行こ」

「あ、うん……えっ？」

いきなり手に感触《かんしょく》が来た。握《にぎ》られている。古部さんに、手を握られている。

「こ……」

古部《こべ》さん、と言おうとしたけど出てこない。そのまま手を引かれて立ち上がり、歩かされる。

視線《しせん》が集中していた。でも見られかたがさっきまでとはちがう。みんな驚《おどろ》いた顔をしていて、中にはなぜかくやしそうな顔もあり。そしてささやき声はやんでいた。

廊下《ろうか》に出ても、古部さんは手を離《はな》そうとしなかった。すれちがう人たちにも見られて、かなり恥《は》ずかしい。

スタスタと古部さんは歩き続ける。小さな手。まだ手汗《てあせ》が乾《かわ》ききっていないから、きっと不快なはずだ。

それなのに僕《ぼく》の手は古部さんの細い指に強く握《にぎ》りしめられたままで、屋上につき、空《あ》いたベンチに座《すわ》るまで、それは離されることはなかった。

「ここで食べよ」

普段《ふだん》と同じ声の調子で、古部さんが言う。

「あ……あ、あり、あり、ありがとう……」

「なにが?」

「き、き、気をつ……」

古部さんが僕を見る。これまでと同じく、言葉の先をうながすことなく待ってくれる。

「つ……つ、つつ、つかってくれたんだよね、き、気を？」

古部さんの行動は全部、僕のためにしてくれたことのはずだった。クラスの雰囲気《ふんいき》を、そして僕の置かれた状況《じょうきょう》を変えるためにやってくれたこと。

僕を、助けるために。

「私は、私がしたいことをしただけ」

「……それでも、あり、あ、あああありがとう」

「いいから。早く食べよ」

「うん……」

ベンチにとなりあって座り、弁当箱を開ける。

「おいしそうだね、柏崎《かしわざき》くんのお弁当」

「そ、そう……？」

「お母さん、料理上手なんだ」

「うん、まあそうかな……」

古部さんの弁当は、小さなおにぎりが二つと、たくあんの漬《つ》け物《もの》という質素《しっそ》なものだった。たしかこの一週間ずっと、古部《こべ》さんはおにぎりを食べていた。

「粗末《そまつ》でしょ、私のお弁当」

「えっ、あ……い、いや、そんな……」

「いいの。自分でもそう思うから」

「り、りり、両親い、いそ、い、い、忙《いそが》しいの……？」

「そういうわけじゃない。私、親とは離《はな》れて暮《く》らしてるから」

「げ、げ、げげ、下宿ってこと……？」

「ちがう。この学校に通うために、おじいちゃんのところに二人で住んでるの。家からだと、登校するのに二時間近くかかるから」

「そうなんだ……」

「おじいちゃん、料理ができないわけじゃないんだけど、朝は畑仕事をするからお弁当作れないの。だからこれからもずっと、自分でおにぎりを作って持ってくるつもり。それと、おじいちゃんが漬《つ》けた漬け物と」

「お……っ……」

またつまる。でも、古部さんは待ってくれる。

「おおお親とははは、離れてもこ、こ、ここっ、この学校に入りたかったんだ」

「うん、まあ……ね。一番自分のレベルにあってたところだったから」

「そ、そうなんだ。よよよよ、よかったら僕《ぼく》のたべ、たた、たた、食べる?」

「えっ?」

「いいよ、た、たた、食べて。じ、じじ、実は量多くて、毎日た、た、たたた、たたたた、食べきるのたい、たたたい、大変だったんだ」

本心だった。少なくしてほしいって頼《たの》むこともできたけど、作ってくれるお母さんのことを考えると、あまりそういうことは言いたくなかった。

「たしかにたくさんだけど……本当にいいの?」

「うん、ぎ、ぎぎ、ぎぎぎ、逆にた、たた、たたたた、食べてほしいかな」

「……じゃあもらう。ありがとう」

古部《こべ》さんがウインナーを取って口に運ぶ。飲みこんだあとで、おいしい、と言ってくれた。

「ど、どど、どんどんたた、食べっ、べ、べていいから」

「うん」

古部《こべ》さんが小さく笑う。

その笑顔を見ながら、本当に楽だなと思った。僕《ぼく》がいくらつっかえても、古部さんはちっとも態度が変わらない。まるで普通に会話しているように言葉を返してくれる。

楽で、うれしかった。家族は別として、今まで出会った人たちはみんな、僕との会話になにかしらの抵抗《ていこう》を感じているのがすごく伝わってきたから。

離《はな》れた場所から笑い声がきこえた。向こうにいる三人組の男子生徒が上げた声のようだ。

「……あのさ、お願いがあるんだけど」

「なな、なに?」

「できれば、これからも私と一緒《いっしょ》にお弁当食べてくれない?」

「えっ……」

「もし柏崎《かしわざき》くんが嫌《いや》じゃなかったらだけど」

どうして僕なんかと……と思ったけど、口には出さなかった。先週、電車の中で古部さんに言われたことを思い出したから。

「う、うん、いいい、いいよ」

「本当? じゃあ、明日からは放送室で」

「な、なな、なんで放送室?」

「ここは少しうるさいから」

古部さんが、ちらりと男子生徒たちを見る。三人とも変わらず楽しそうに話を続けている。

「いい?」

「う、うん……」

そう答えると、ありがとう、と古部さんがうれしそうに微笑《ほほえ》んだ。

それからは互《たが》いの家族や趣味《しゅみ》のことなんかを話しながら、弁当を食べ進めた。

古部さんの両親は共働きで、二人とも公務員らしい。一人っ子で、今まではマンションで暮《く》らしていて、でも今のおじいちゃんの家は広い一軒家《いっけんや》だそうだ。

そのあと、本の話を少しした。古部さんの趣味が読書だというのは、先週の帰り道できいたので知っていた。それは僕《ぼく》と同じ趣味で、ただ好きになった理由はちがうはずだ。たぶん古部さんは純粋《じゅんすい》に本が好きなんだと思う。僕はそれしかやれることがなかったから本を選んだだけだ。

それでも、自分の好きなことを話せるのは楽しかった。

やがて、弁当を食べ終わる。古部《こべ》さんはすぐには教室に戻《もど》らなくて、だから僕《ぼく》も昼休みが終わるまで屋上にいることにした。できればずっと教室には戻りたくないけど、そういうわけにもいかない。

空はよく晴れていた。暖かくて気持ちよくて、でも明日からは放送室でって言われた。もし今後屋上に来るとすれば、古部さんに愛想《あいそ》を尽《つ》かされて嫌《きら》われ、教室にもいづらくなって、昼休みを一人で過ごさなきゃならなくなったときだろうか。

古部さんは優《やさ》しいから、めったなことじゃそうはならないかもしれないけど、どうしても今までの経験から考えちゃう。吃音《きつおん》である自分と一緒《いっしょ》にいることは大変で、すごく面倒《めんどう》なことなんだろうって……。

「なに考えてるの？」

「えっ……べ、べ、別にな、ななな、なにも」

「本当？」

「な、なんで？」

「なんだか悲しそうな顔してたから」

顔に出ていたのかと思い、少しあわてた。

「……し、してないよ。かっ、かか、か、悲しいか、かかかか、かお、顔なんて」

「そう。ならいいけど」

古部さんって、他人の表情や気持ちを読み取るのがうまいのかな。彼女《かのじょ》の横顔を見ながら、そんなことを思った。

さっきから声がきこえていた三人組が屋上を出ていく。屋上中央に取りつけられた時計を確認《かくにん》すると、そろそろ昼休みが終わる時間だった。

「私たちもそろそろ行こっか」

「あ、うん」

そうして空《から》になった弁当箱を手に、僕らは二人そろって屋上をあとにした。

教室に戻るとドアは開いていて、中からはにぎやかな声がきこえてきていたけど、僕《ぼく》たちが入ったとたん、その声が小さくなった。そしてまた視線《しせん》を浴《あ》びる。

それを気にすることなく、古部さんは自分の席へ歩いていく。僕も気にしないように、そんなのとても無理だったけれど、そういう感じを装《よそお》って席についた。

座《すわ》ったあともしばらく見られている気配があって、ひそひそ声もきこえてきた。さっきとちがってニヤニヤしている生徒が多くて、たぶん僕と古部さんの関係を誤解《ごかい》しているんだ。その中には清水《しみず》くんの顔もあった。

まもなく授業開始のチャイムが鳴って、おしゃべりはおさまり、先生が教室に入ってきた。午後の最初の授業は数学だ。

あてられませんように、といつものように心で唱《とな》える。でもその願いは、今までより少しだけ切実なものではなくなっていた。

すでにみんなに吃音《きつおん》をさらしてしまったこと。そして古部《こべ》さんがいてくれるということも、少し影響《えいきょう》していた。


午後の授業は特に何事もなく、放課後になった。これからの時間は古部さんと二人で過ごす。楽しみだった。失敗を気にせずに他人と話ができるのは楽しいって思えてきていたから。

「じゃあ行こ、柏崎《かしわざき》くん」

「うん」

さっそくの古部さんの言葉にうなずいて、立ち上がる。椎名《しいな》先生はホームルームが終わるとともにすぐにいなくなるのだけど、それはいつものことだった。

二人で教室を出る。またチラチラ見てくる人がいて、でももう気にならないくらい少なくなっていた。

向かうのは放送室じゃなくて、職員室。昨日まで、放課後の放送室の鍵《かぎ》の管理は立花先輩《たちばなせんぱい》がやっていたけど、今日からは僕《ぼく》らがやらなきゃならない。

職員室につき、さっきまで教室にいた椎名先生の姿《すがた》を探《さが》す。室内の奥《おく》のほうで、先生は机《つくえ》に頬杖《ほおづえ》をついてノートパソコンをながめていた。

「あの、椎名先生」

「ん……？　なんだお前ら、どうした？」

「放送室の鍵を借りにきました。これから部活なので」

「鍵なら立花……ああ、そういえばあいつは今日から部活に出ないんだったか。誰《だれ》かと勉強するとかで。いきなりお前ら二人にされて大丈夫《だいじょうぶ》なのか？」

「大丈夫です」

「そうか。まあ立花も立場上はまだ部長なんだから、わからないことはあいつに頼《たよ》ればいいんだしな。ああ、ちなみに私のことはあんまりあてにするなよ」

「……顧問《こもん》なのにですか？」

「去年顧問《こもん》になって以来、ずっと部員に任《まか》せきりだったからな。だから機材の扱《あつか》いかたもあんま知らんし、発声の練習やらなんやらも知らん。なので私のことは頼《たよ》りにするな。されても困《こま》る」

「そうですか……」

「まあ、なにはともあれ、がんばってくれ。くれぐれも問題とか起こさんようにな。私の査定《さてい》にひびくから」

椎名《しいな》先生は真顔だった。なんていうか、本当に変わった先生だ。

「……じゃあ、もう行きます。放送室の鍵《かぎ》、借りていきますから」

「あっ、ちょっと待て」

椎名先生が机《つくえ》の引き出しを開け、中をガサガサと探《さぐ》る。その間にふとノートパソコンの画面が目に入った。見て、目を疑《うたが》う。

『モンスターハント完全攻略《こうりゃく》サイト』

となりを見ると、古部《こべ》さんもその画面をながめていた。目を細め、なんともいえない表情をしている。

「たしかこのへんに……おっ、あった」

生徒に職務怠慢《たいまん》の証拠《しょうこ》を見られているのにも気づかず、椎名先生はそう言い、それから手に持ったものを手渡《てわた》してきた。

「放送室の合鍵だ。お前ら二人で持ってろ」

「いいんですか？」

「いちいち取りに来るの面倒《めんどう》だろ。立花《たちばな》にも渡してるし、去年も部長と副部長には渡してたしな」

「ありがとうございます」

古部さんが言う。僕もお礼を言わなきゃと思い、どうも、とだけ返した。少しつまりかけたけれど、気づかれるほどじゃなかったはずだ。

「なくしたら私の管理責任《かんりせきにん》を問われることになるから、絶対になくすなよ」

「わかりました」

「じゃ、あとは頼《たの》んだ」

椎名先生の視線《しせん》が再《ふたた》びパソコンの画面へと向く。誰《だれ》かに見つかって怒《おこ》られたりしないんだろうか。見た限《かぎ》りでは、他の先生たちが椎名先生に注意を払《はら》っている様子はないみたいだ。もしかしたら仕方のないこととあきらめられているんだろうか。

僕《ぼく》らに興味を失った様子の椎名《しいな》先生から離《はな》れ、古部《こべ》さんと職員室を出る。そのまま放課後のにぎやかな廊下《ろうか》を進んで放送室へと向かった。

「……パソコンの画面、見た？」

「う、うん……」

「モンスターハントって、たしかゲームだよね？」

「うん……」

「……薄々《うすうす》気づいてはいたけど、あの人、だめ教師ね」

「ど、どど、どうだろ……」

「なにかトラブルが起きたら、あの先生の言うとおり立花先輩《たちばなせんぱい》に頼《たよ》るしかないみたいね。あまり勉強の邪魔《じゃま》はしたくないけど」

「そうだね……」

椎名先生のなまけぶりも気になったけど、僕にはもう一つ気がかりなことがあった。

下校の放送のこと。これからは古部さん一人でやることになるけど、椎名先生にそれを不思議に思われないだろうか。思われて、問いただされたらどうしよう。理由を話すしかないけど、甘《あま》えずにお前もやれと言われたりしたら、どうすればいいだろう。

やがて放送室に到着《とうちゃく》し、古部さんが鍵《かぎ》を開ける。当然、中には誰《だれ》もいなくて、立花先輩はすでに市内にある図書館に行っているはずだ。これからはほぼ毎日そこでクラスメイトと一緒《いっしょ》に勉強するつもりだと、昨日言っていたから。

中へ入り、鞄《かばん》を中央の机《つくえ》に置く。古部さんも同じく……と思ったけど、彼女《かのじょ》は机のそばに立ち止まり、棚《たな》をながめていた。正確には、そこに置かれているフィギュアを。

「……そのフィ、フィギュア好きなの？」

「えっ？」

古部さんがふり向いて、あわてた顔をした。

「べ、別に好きじゃないけど」

「よくみ、みみみ、見てるよね、それ？」

「見てない。今だって別にそんなんじゃ……」

口では否定《ひてい》しているけど、興味があるのはあきらかだった。普段《ふだん》の古部さんからは考えられないほど、顔に感情が表れているから。

「も、もも、もしかして欲《ほ》しいの？」

「なに言ってるの。欲しいわけない。こんなアニメのフィギュアなんて。小学生じゃあるまいし」

「それ、アニ、アニメのフィ、フィギュアなんだ」

「あ……」

古部《こべ》さんがまた、あわてた顔をする。

「し、知らない。ただアニメっぽい感じだから、その……」

「か、かか、かかかか、隠《かく》さなくてもいいよ。こ、こ、こここ、古部さんがな、なにを好きでもおか、おお、おお、おかしいなんて思わないから」

古部さんが視線《しせん》をふせる。

これでも彼女《かのじょ》が隠そうとするなら、それ以上追及《ついきゅう》するつもりはなかった。僕《ぼく》のことを知りたいと言ってくれた古部さんのことを、僕もいろいろと知りたいとは思うけど、本人が嫌《いや》がるのなら無理強《むりじ》いはしたくない。

「本当に……？」

「えっ？」

「本当におかしいとか思ったりしない……？」

「うん、お、お、おも、おおお、思わないよ」

「……絶対に？」

「ぜ、ぜ、ぜっ、絶対に」

古部さんが視線《しせん》をふせたまま、また黙《だま》りこむ。少し間があって。

「……んしカヤ」

「えっ？」

「……『悪魔剣士《あくまけんし》カヤ』っていうアニメ知ってる？」

「あ、ああ、『悪魔剣士カヤ』……？　い、いいい、いや、し、知ら……」

知らない、と言おうとして、ふと頭に浮《う》かんだものがあった。

毎日見ている新聞のテレビ欄《らん》。そこに、そんな名前の番組があったような気がした。毎日というわけじゃなくて、曜日は……たしか日曜だったはず。いや、土曜だったかな。時間帯はたぶん朝だ。

「それってあ、あ、朝に放送してる……？」

「知ってるの？」

突然《とつぜん》、古部さんの語調が強くなった。

「い、いや、新聞のテ、テテ、テテテ、テレビ欄でタ、タタタ、タイトルだけ見たことがあ、ああ、あるから」

「そう……」

と思ったら、いかにも残念という感じに弱まる。

「……今やってるのは再放送《さい》。初放送は……二年前」

「そうなんだ……そのア、ア、アニ、アニ、アニメのキ、キキ、キキキ、キャラなの？」

「うん……主人公の、千道《ちどう》カヤっていうキャラのもの……」

「カヤ……」

古部《こべ》さんと同じ名前。

「そのア、ア、アニメが好きなんだ」

「……好き」

「どど、どどど、どんなア、アア、アニメなの？」

「……主人公である中学生の女の子カヤが、ある日不慮《ふりょ》の事故《じこ》で死んじゃって、でもたまたま人間界に来ていたニバスという悪魔《あくま》に血を与《あた》えられて生き返るの。でも悪魔の血を与えられたカヤはもう人間界で暮《く》らすことはできなくて、家族や友達と別れて悪魔の世界に住むことになる。その世界は今、天使たちに支配されていて、でも中には悪い天使もいて弱い立場の悪魔が虐《しいた》げられて苦しんでるの。それを見かねたカヤが、ニバスとともに悪魔の世界を変えるために悪い天使と戦うっていう話」

週末の朝にやるのだから子供向けなんだろうけど、それにしては少し重い話だった。

僕も小学生の頃《ころ》はいくつかアニメを見ていて、でもストーリーはもっと明るくて単純なものが多かったと思う。

「お、おお、おお、面白そうなストーリーだね」

「そう思う?」

「うん」

ヒーローが敵《てき》と戦うというよくある感じの物語みたいだけど、主人公が親しい人たちと別れたり、さらに一般的《いっぱんてき》には悪役である悪魔側に立つというのが新鮮《しんせん》で、少し興味が湧《わ》いた。

「実際、すごくおもしろいの。……インターネットの掲示板《けいじばん》とかでは、あまり人気ないみたいなんだけど、でも本当におもしろいの」

いつもとはちがう、熱い感じの古部さんの言葉。本当に好きなんだなと、きいていて思った。

「そ、そのフィギュアめず、め、め、めめめ、珍《めずら》しいもも、ものなの？」

「……うん。三ヶ月の間に毎週発表されるキーワードを書いて応募《おうぼ》した人の中から、抽選《ちゅうせん》で五十人だけがもらえるフィギュアだから」

「お、お、応募したの？」

「した……でも外《はず》れた……」

それがここにあるってことは、放送部員の誰《だれ》かがあてたんだろうか。立花先輩《たちばなせんぱい》か。あるいは卒業した先輩たちの誰かか。

古部《こべ》さんがもう一度フィギュアに目を向ける。うらやむような表情。

「ほ、ほ、ほほ、欲《ほ》しいの？」

こくりと、うなずきが返ってくる。

「たっ、たたた、立花先輩にき、ききき、ききき……きいてみれば？　だ、だ、だ、誰の持ち物なのか。卒業したひ、ひひひ、人のならも、もも、もしかしたらゆず、ゆず、ゆゆゆゆ、譲《ゆず》ってくれるかもしれないよ」

「嫌《いや》……アニメが好きだなんて他の人に言いたくない。柏崎《かしわざき》くんに話したのだって、すごく迷ったすえだったたんだから」

「ど、どどどどうして?」

「バカにされるから……。アニメなんて子供っぽいって……そんなの見るのは小学校低学年までだって……」

古部さんの顔がうつむいて、つらそうにゆがむ。実際に言われた言葉なのかも。

だけど、小学生ならアニメを見ていても別に変じゃないと思う。低学年でも高学年でも、全然おかしくない。古部さんのまわりには、アニメをバカにするような子供が多かったのだろうか。だから古部さんもその影響《えいきょう》で、アニメは低学年までだって思いこんじゃって……。

「……柏崎くんはバカにしないだろうなって思えたから言えたけど、他の人は嫌」

「た、た、たっ、たた、立花先輩もバ、ババ、バカになんかしないとお、思うけど」

「それでも嫌」

「……じ、じゃあ、ぼぼ、僕《ぼく》がき、きき、ききき、きいてみてあげようか? それでもしゆず、ゆゆゆ、譲ってもらえるならぼ、ぼ、ぼ、僕が欲《ほ》しいっていうことにして、それから こ、こここ、古部さんにあげるよ」

古部さんが顔を上げて、驚《おどろ》いた顔をした。

「いいの……？」

「うん」

「だけど、それだと柏崎《かしわざき》くんが」

「ぼ、ぼ、僕《ぼく》はな、ななな、なに言われてもだ、だだ、だ、だだ……だだだだ、大丈夫《だいじょうぶ》だから」

それは少し強がりで、もし立花先輩《たちばなせんぱい》にけなされるようなことを言われたら嫌《いや》な気にはなるだろう。

でもやっぱり立花先輩はそんなこと言わないだろうし、なによりも古部《こべ》さんのためになにかしたかった。古部さんはこんな僕に普通に接してくれるから、そのお礼がしたい。

「でも……」

「だい、だ、だだ、だだだ、だ、だ……平気だから、本当に。き、ききき、きき、気にしないで」

「……ありがとう」

古部さんはしばらく迷うような、考えるような表情をしていたけど。

やがて、ぽつりとそう言った。

「うん。じ、じゃあメ、メールしてみるね」

立花先輩のアドレスと電話番号は、携帯《けいたい》を買った次の日に教えてもらっていた。もちろん古部さんのも。

携帯を取り出し、立花先輩へのメールの文面を考える。

なんて打とう。最初はまず挨拶《あいさつ》からにして、それからフィギュアのことを……。

『こんにちは。ちょっと質問したいことがあるんですが、放送室の棚《たな》に置かれてあるフィギュアって誰《だれ》のものかわかりますか？　実は僕《ぼく》、そのフィギュアのキャラクターが好きで、キャラが登場しているアニメもよく見ているんです。それで、もしもう誰のものでもなくて、特別に放送室に置いておく』

「あっ、も、もしタダで譲《ゆず》るのが難《むずか》しいなら、お金を払《はら》う気持ちもあるって伝えて。柏崎くんが嫌《いや》じゃなければ」

そこまで打ちこんだところで、古部さんが言う。少し緊張《きんちょう》している様子に見えた。

「うん、わわ、わかった」

『理由もないのであれば譲ってもらえませんか？　このフィギュア、すごく手に入りにくいもので、すごく欲《ほ》しいんです。無料でというのが難しいなら、お金を払ってもかまわないので。いきなりこんなずうずうしいことを頼《たの》んですいません。もしよかったら、考えてもらえないでしょうか。返信お待ちしています』

「こっ、ここ、これ、これでいいかな？」

一応、打ち終えた文面を見せる。それを真剣《しんけん》な表情で古部《こべ》さんが見つめ、やがてこくりと大きくうなずいてくれた。

メールを送信し、携帯《けいたい》を机《つくえ》の上に置く。置いた先で、古部さんが両手を祈《いの》るように組みあわせているのが見えた。

ちょっと可愛《かわい》いな、とそれを見て思う。普段《ふだん》とのギャップのせいかいつも以上に魅力的《みりょくてき》に見えて、でも古部さんは真剣なんだからと、そう思う自分をいましめた。

デレてる場合じゃない。僕も祈ろう。古部さんがあのフィギュアを手にできるように。

二分ほど、無言の時間が流れる。それから、携帯がふるえた。

手に取ると、古部さんがじっと見つめてくる。僕も少しドキドキしながら画面を確認《かくにん》すると、立花先輩《たちばなせんぱい》から返信が来ていた。

『こんにちは。初めてのメールありがとう。これからも、なにかあったらいつでも連絡《れんらく》くれていいからね。それでフィギュアのことだけど、それ卒業した先輩がせんべつ（漢字わからない）として置いていったものなんだ。俺《おれ》、日本のアニメよく知らなくてなんのフィギュアかもわからないから、とりあえず棚《たな》に飾《かざ》っておいたんだけど、柏崎《かしわざき》くんが欲《ほ》しいのならあげるよ。先輩も、愛着がある人に大切にしてもらったほうがうれしいと思うし。もちろんお金なんかいらないから、そのまま飾っておくなり家に持って帰るなり好きにしていいよ』

その文面にほっとして、すぐに古部さんにも見せる。すると緊張《きんちょう》していた彼女《かのじょ》の顔が、まさに花が開くようにほころんだ。

「よ、よ、よかったね」

「うん……うん……」

笑顔でうなずく古部さん。こんなにはっきりした笑顔を見るのは初めてだった。

古部さんが立ち上がり、棚からフィギュアを手に取る。まじまじと見るその表情は本当にうれしそうだった。

「やった……」

小さくつぶやいた声がきこえた。そして大事そうにフィギュアを持ったまま、椅子《いす》に座《すわ》る。

その間に、立花先輩《たちばなせんぱい》にメールを送っておく。

『ありがとうございます。本当にうれしいです』

古部《こべ》さんは、椅子《いす》に戻《もど》ってもフィギュアをながめ続けている。

よかったな、と僕《ぼく》も思った。古部さんの役に立てて、こんなによろこんでくれて本当によかった。少しかもしれないけど、これで恩返《おんがえ》しすることができた。

そこで、また携帯《けいたい》がふるえる。

『気にしなくていいよ。俺《おれ》にとっても、もらいものだしね。それじゃ、これからも相談とかあったらなんでも遠慮《えんりょ》なく言ってね。古部さんにもよろしく。二人仲よくね』

やっぱりいい先輩だなと、メールの文面を見て思った。

「ありがとう、柏崎《かしわざき》くん。本当にありがとう」

「うん」

「なにかお礼させて。欲《ほ》しいものとかある？」

「い、い、いいよ、そんなの」

「だめ。お礼しないと、私の気がすまない」

「いや、ほほほほ、本当に」

「なにか言って。私にしてほしいことない？　なんでもいいから」

「してほしい……」

少し考えて、頭に浮《う》かんだ願いがあった。でも口に出すのはちょっと恥《は》ずかしい。

「なにかある？」

ないって言っても、古部さんは引き下がりそうにない。

仕方がない。言っちゃおう。それに以前、古部さんも同じようなことを言っていたし。

「じ、じゃあ、こ、ここ、これからも、とと、ととと、友達でいてほしい……かな」

「それがしてほしいこと……？」

「う、うん」

「……そんなんじゃ、お返しにならない。そんなの、あたりまえのことなんだから」

「そ、そうかな？」

「そうよ」

あたりまえのこと。その言葉はちょっと、いやだいぶうれしかった。

「他にしてほしいことないの？」

きかれて、また考えてみたけれど、すぐにはなにも思《おも》い浮《う》かばなかった。

「な……いかな」

「そう……。じゃあなにかしてほしいことができたら言って。なんでもいいから」

「うん……」

たぶんこの先も僕《ぼく》はなにも言わないだろう。あたりまえのことだって、古部《こべ》さんはそう言ったけれど、彼女《かのじょ》が友達としてそばにいてくれることが僕にとっては十分すぎるお返しだから。

古部さんがフィギュアを大事そうに鞄《かばん》にしまう。それを見てから、僕は口を開いた。

「じ、じゃあはじ、はじ、始める?」

「えっ?」

「は、はは発声れ、れれれ、練習」

「うん……そうね……」

どうしてか目をそらされる。そのまま数秒、視線《しせん》があわないままだった。

「……ねえ、柏崎《かしわざき》くん」

「な、なに?」

「柏崎くんがよければなんだけど、これからしばらく私の個人的な練習につきあってくれない……？」

「こ、個人……てて、的？　ど、どどど、どんなれん、練習？」

「明日から始めるから、明日話す。今日は練習に必要なものを持ってきてないし。つきあってくれる？」

「は、発声練習とはち、ちちち、ちが、ちがうの？」

「……声の練習っていう意味では、そんなにはちがわない。どう？」

「えっと……」

練習内容がわからないから少し迷ったけど、同じような練習ならことわる理由はなかった。それに古部さんの役に立てるなら、なおさらだ。

「いいい、いいよ」

「本当？　よかった」

どんな練習なんだろうと考えかけて、やめた。どうせ明日になればわかるんだから。

「うん。で、ででで、でも発声れ、れれれ練習もするよね？」

「できればしばらく、その練習を集中的にやりたい。……それじゃあ嫌《いや》？」

「いいいい、嫌というか、ままず、まず、まずくない、それ？」

立花先輩《たちばなせんぱい》からは、発声練習はなるべく毎日やるようにと言われていた。たまに休むくらいならいいと思うけど、先輩がいなくなったとたんにやらなくなるというのはまずいんじゃないだろうか。

「……柏崎《かしわざき》くんは、発声練習もやりたい？」

「う、うん……」

「そっか……わかった。じゃあ発音練習と滑舌《かつぜつ》練習を一セットずつやって、それから私の練習に入ることにしよっか」

「そ、それだけ？」

先輩からは、それ以外にもロングトーンと呼《よ》ばれる声を長く出し続ける練習、筋《きん》トレ、原稿《げんこう》アナウンスや朗読《ろうどく》練習などいろいろ教わっている。上達してきたら他の練習も教えるから、とも言われている。

「私の練習も同じような効果《こうか》があるから大丈夫《だいじょうぶ》。むしろ、立花先輩《たちばなせんぱい》から教わったものより効果的だと思う」

本当だろうか。いったいどんな練習なんだろうと、また思ってしまう。

「じじ、じゃあ今日は発声れ、れれれれ練習するよね？」

「えっと……私、明日の準備したいから、今日はそれやっててていい？」

「えっ……」

「柏崎くんは、練習しててていいから」

僕《ぼく》の返事をきかず、古部《こべ》さんは鞄《かばん》からノートとペンを取り出した。なにか書きこみ始める。

いいのかなと思ったけど、すでに作業を始めている古部さんに言う気にはなれなかった。それに、そんなのだめだよとか言ったら、気を悪くさせちゃうかもしれない。

仕方なく、一人で練習を始める。なんだかやりにくかった。ガラス窓《まど》の向こうに古部さんが見えていて、防音室とはいえ、あんなに近くにいたら声は届《とど》くだろう。ここ古いからたいして防音性ないんだよね、と立花先輩も言っていたし。作業の邪魔《じゃま》になったりしないだろうか。

そしてなにより古部さんとあわせない、一人での発声だからよく言葉がつっかえる。ひとり言だと思おうとしても、古部さんがあそこにいる限《かぎ》りは難《むずか》しかった。

十五分ほど続けてもうまくできなくて、それどころかだんだん失敗することが増《ふ》えてきた。ひどくつっかえるせいで、のども少し苦しい感じがして、だからそこで一度休憩《きゅうけい》することにした。

「柏崎《かしわざき》くんって、ファンタジー小説は好き？」

そうきかれたのは防音室を出て、鞄《かばん》から飲み物を取り出そうとしたときだった。

「えっ……う、うん」

「私、小説持ってきてるの。ちょうど今日読み終わったから、貸《か》してあげようか？」

「いい、いやでも、まま、まだれれれ、れれ練習しないと」

「明日の練習にそなえて、今日はそのくらいで休んだら？　昨日まで毎日発声練習してきたんだから、そのほうがいいよ」

「そそ、そんなにきつ、きききき、きつ、きついの？」

「きついわけじゃないけど……集中力が必要だから。ね、そうしなよ。明日からのために」

やっぱり作業の邪魔《じゃま》だったのかなと思い、どう答えようか迷っていると、古部《こべ》さんが鞄から文庫本を一冊取り出して、差し出してきた。

「はい」

「あ、えっと……」

「今日はゆっくりこの本読んでて。面白いから」

「う、うん……ああ、あり、ああ、ありがと……」

受け取りながら、先輩《せんぱい》に申《もう》し訳《わけ》ないと思った。でも手にしちゃった以上、やっぱり練習するとは言えなくて。

本にはカバーがかけられているので題名は見えないけど、開いた最初のページに、『不思議の国のアリス』と書いてあった。

もちろん知っている。とても有名な物語。

だけど読んだことはない。ずっと避《さ》けていた。『不思議の国のアリス』には、吃音《きつおん》のキャラクターが出るって知っていたから。小学三年のとき、親戚《しんせき》が集まった場でのことだ。

『アリスに出てくるドードー鳥みたいだな』と親戚の一人に言われたんだ。

吃音の人が出てくる物語は読みたくなかった。絶対に内容に集中できないだろうから。きっと途中《とちゅう》でつらい気持ちになって放り出してしまう。だから『不思議の国のアリス』も避けていた。

読もうかどうか迷う。でもせっかく貸してくれたのに返すわけにはいかないから、気持ちを抑《おさ》えてページをめくる。

数ページ読んだところで見ると、古部さんは変わらず、ノートになにか書きこんでいた。

だけど机《つくえ》で向かい合わせのその手元は遠くて、よく見えない。ただ一番上に『悪魔剣士《あくまけんし》カヤ第二話』という文字が確認《かくにん》できて、さっき話したアニメに関係したなにかを書いているようだった。

そのあと僕《ぼく》は、思いのほかアリスの物語に入りこんでしまった。単純《たんじゅん》に面白《おもしろ》くて、そしてドードー鳥も普通にしゃべっていたから。よくは知らないけど、もしかしたら有名な話だから日本でもいろいろなところから出版《しゅっぱん》されていて、それぞれ内容に多少のちがいがあるのかもしれない。とにかく古部《こべ》さんが貸してくれたのが、吃音《きつおん》のドードー鳥が出ていないものでよかった。

時間を忘《わす》れて読みふける。僕がページをめくる音と、古部さんがペンを走らせる音。そして時計の針が進む音。その三つの音だけが、静かな放送室内に流れていた。

やがて物語も終盤《しゅうばん》にさしかかる。と、そのとき。

パタン。

ノートを閉《と》じる音がきこえ、目を向けると、古部さんが壁《かべ》の時計を見ていた。

僕も見る。針は、下校時間の五分前を指していた。

「そろそろ準備しなきゃ」

「あ、うん、そそ、そうだね」

そう答えたけれど、僕がやれることは特にない。ただ放送をする古部さんを見守るだけだ。

「あ、ああ、ありがとう、これ。おおお、おもしろかった」

「まだ途中《とちゅう》でしょ？　貸《か》してあげるから持って帰って」

「えっ、でで、でも」

「いいから、気にしないで」

そう言われ、悪いなと思ったけど、最後まで読みたい気持ちもあったので借りることにした。

それから古部さんがマイク前の椅子《いす》に座《すわ》り、機材を操作《そうさ》し始める。立花先輩《たちばなせんぱい》がいない初めての下校の放送だけど、慣《な》れた動作で、三分前には準備はすべて終わり、あとは時間が来るのを待つだけ。

アナウンスの文章が書かれた紙を古部さんは見つめている。その横顔は普段《ふだん》どおりで、でも次の瞬間《しゅんかん》、一度だけ、ふぅと息を吐《は》いた。それから胸《むね》に手をあて、その動作はなんだか自分を落ちつかせているように見えた。

もしかして緊張《きんちょう》しているんだろうか。古部《こべ》さんは僕《ぼく》とちがって普通なのに、上手にしゃべることができるのに。

普通の人も、人前でしゃべるときは緊張するというのはよくきく。でも僕にはそれがいまいちよくわからなかった。だって普段《ふだん》からあんなにすらすらとしゃべっているのに、なんで緊張する必要があるのかって思うから。

でも、やっぱり古部さんは緊張しているように見える。どうしてという気持ちはあったけど、その疑問《ぎもん》をぶつけようとは思わなかった。そんな時間はないし、なにより古部さんが緊張しているならほぐしてあげたいっていう気持ちが大きかったから。

「が、が、がが」

古部さんがこっちを向く。言うのにとても苦労しそうだったけれど、言葉は止めなかった。

「が、ががが……ががが、がが……がんばって」

古部さんは一瞬《いっしゅん》きょとんとして、でもそのあとですぐ、小さく微笑《ほほえ》んでうなずいてくれた。

やがて、時計が時間ちょうどをさす。

古部さんが機材のスイッチを入れ、とたん、音楽が鳴り始めた。トロイメライ。

古部さんが息を吸《す》いこむ。そして。

「下校の時刻《じこく》になりました。校内に残っている生徒はすみやかに下校してください。忘《わす》れ物《もの》のないよう気をつけて、寄り道をしないようにしましょう」

流暢《りゅうちょう》な、綺麗《きれい》な声がマイクに向かって発せられた。それからもう一度、同じ言葉が繰《く》り返《かえ》される。一度もつまることはなかった。

すごいなと思った。そしてもう一つ。

いつか僕もこんなふうになれたらいいなって、そうも思った。

第四章　暗転

「柏崎《かしわざき》くんてさ、古部《こべ》さんとつきあってるの？」

翌日《よくじつ》、清水《しみず》くんにきかれたのは登校してすぐのことだった。

古部さんはまだ来ていなくて、鞄《かばん》を机《つくえ》に置いて席につこうとしたところで、おはようという言葉もなく話しかけられた。

清水くんのそばには別の男子も二人いて、三人とも面白《おもしろ》がっているような顔をしている。

「え、いや……」

「つきあってないの？」

「うん……」

「マジで？　つきあってないのにあんなことすんの？」

言ったのは、清水くんとは別の男子だった。

あんなことっていうのは、ここで古部さんと手をつないだことだろう。たしかにあれは普通のクラスメイト相手にやることじゃない。

「ほ、放送部だから」

同じ部活だから、と本当は言いたかった。でも『お』よりも『ほう』が言いやすくて、そっちを選んだ。

「は？　なんで放送部だと手つなぐの？」

「その……」

伝わらない。つまったり、つっかえたりせずに伝えることは本当に難《むずか》しい。

でも、もういい。どうせ昨日の音読で知られてしまっているんだから。

「お、お……」

「えっ？」

「おおお、同じだから、ぶ、ぶ、ぶぶか、ぶぶぶ、部活が。それにと、と、とと、とと、友達だし」

三人が顔を見あわせる。それから、気まずそうな表情をして。

「あのさ……柏崎くんのそれってなんなの？　しゃべるとき、なんかすごい苦しそうだけど……。国語の教科書読んだときもひどかったし、もしかして病気なの？」

病気なのか、というのは今までにも何度かきかれた。病気なのか障害《しょうがい》なのかそれとも癖《くせ》なのか、自分でもよくわからない。でも病気だと思われても仕方ないと思う。普通の会話ですら満足にできないんだから。

「うん……び、び、びび、びょ、びょ、病気みたいなも、も、ものかな……」

「そうなんだ……」

三人がまた顔を見あわせた。気まずそうな、申《もう》し訳《わけ》なさそうな。

「……なんかごめん。俺《おれ》、そんなの知らなかったから、この前すげえ話しかけちゃって」

「い、いや……」

「これからは気をつけるからさ、だから許《ゆる》して」

気をつける。それはつまり僕《ぼく》には話しかけないようにするということだろうか。

それでも小学生のときとはちがって、笑われたりバカにされたりはしなかった。みんな中学生になって少し大人に近づいたから……なのかな。

だけど、つらさはそれほど変わらなかった。笑われても、会話の対象から外《はず》されても、どっちもつらくて悲しい。

清水《しみず》くんたちが僕と話すのをやめて、会話に戻《もど》ろうとする。

三人の視線《しせん》の動きが途中《とちゅう》で止まった。教室の入り口の方向。

僕も目を向けると、ちょうど古部《こべ》さんが入ってきたところだった。彼女《かのじょ》も僕を見つけて、そのままあった目をそらすことなく近づいてきて。

「おはよう」

そばに来ると、そう言われた。僕に向かって、僕だけに。

「お、おは、お、おはよう」

古部さんが鞄《かばん》を机《つくえ》に置く。そこで、三人の視線に気づいたようだった。

「……なに？」

「あっ、いや」

清水くんが、あわてて古部さんから目をそらす。他の二人も同じようにした。

三人を、目を細めて古部さんが見つめる。その顔は、あきらかに不機嫌《ふきげん》そうだった。

やがて興味を失ったようにふいと顔をそらすと、古部さんは席に座《すわ》り、本を読み始めた。

そういう古部さんを見ながら、教室内ではあまり話しかけたりしないほうがいいかもしれないと思った。つきあっているなんて噂《うわさ》が大きくなったら、古部さんも嫌《いや》だろうから。

清水くんたちも、そして古部さんもそれ以上僕に話しかけてくることはなく、やがて椎《しい》名《な》先生が入ってきて、ホームルームを行った。

いつもとはちがい、ホームルームが終わっても椎名《しいな》先生はそのまま居残った。一時間目が彼女《かのじょ》の担当《たんとう》である英語だからだ。

椎名先生の授業は今日で六回目だけど、他の授業にくらべるとすごく楽だった。なぜなら生徒になにかを答えさせたり、文章を読ませるってことをまったくしないから。椎名先生は生徒の反応をあまり気にせず、いつものぶっきらぼうな口調を変えずに自分のペースで授業を進めていくんだ。

まだ入学から十日くらいしかたっていないけど、まったく生徒にしゃべらせないという授業は、今のところ椎名先生の英語だけだった。他の授業は全部、必ず生徒の誰《だれ》かが口を開く。中には、問題の解答を挙手《きょしゅ》した生徒に答えさせて、正解だったらポイントを与《あた》えて成績に反映《はんえい》させるっていう最悪なやりかたをする先生もいて……。

そんな中で、英語の授業だけは落ちついて、そして集中してきくことができた。他の授業のときは常《つね》に、いつあてられるのかとドキドキしていて、とても集中できる状態《じょうたい》じゃないから。

椎名先生は不真面目《ふまじめ》で、やる気がなくて、生徒からすればあまり好ましい教師じゃないのかもしれない。

だけど自分の言葉だけで授業を進めていくというやりかたをとっているだけで、僕《ぼく》にとってはすごくありがたい先生だった。


昨日のように授業中にあてられることなく、無事、昼休みになった。

すぐに古部《こべ》さんが鞄《かばん》から弁当箱を取り出し、席を立つ。そして僕を見る。

その意図を理解して、僕も立ち上がる。二人で教室を出るとき、何人かが昨日と同じくこっちを見てきた。

もしかしたらみんな、清水《しみず》くんたちのように僕たちを恋人《こいびと》同士だと思っているんだろうか。あんな場面を見たら仕方ないって気もするけど、できることなら誤解《ごかい》をときたかった。

でも、みんなに説明してまわるなんてわけにはいかない。

せめて、古部さんには一度あやまっておいたほうがいいかもしれない。誤解されたのはあのときに音読で失敗した僕を古部さんが気づかってくれたせいなんだから。

「あ、あ、あの、あのさ」

「ん？」

「あ、あああ朝のこと、ごめ、ごごご、ごめん」

「朝のことって？」

「清水《しみず》くんたちがこ、ここ、ここ、古部《こべ》さんのこと見てたの、ご、ごご、ごごご、ごか、ごご、誤解《ごかい》してたからなんだ」

「なんの誤解？」

「それは……その……ぼ、ぼぼ、僕《ぼく》とこ、こ、こここ、古部さんがつき、つつき、つきあってるって思ってるみたいで」

　となりを歩く古部さんの表情が、少しだけ動いた気がした。でも本当に少しの変化で、それがなんの感情を表したものなのかはわからなかった。

「そう……なんだ」

「ご、ごごご、ごめん。なな、なんか変なことにな、ななな、なっちゃって」

「柏崎《かしわざき》くんがあやまることじゃない」

「いや、で、でで、でも」

「別に私は気にしてないし」

「えっ？」

「思いたいなら思わせておけばいい。嫌《きら》いな人たちがなにを考えていようと、私は気にしないから」

嫌いな人たち。はっきり、古部さんはそう言った。

「き、きき、ききき、嫌いな、なんだ……。清水くんたちのこ、こ、こと」

「嫌い。みんな、嫌い」

「みんな……？」

珍《めずら》しくスムーズに出た僕の問いかけに、古部さんはなにも答えなかった。

みんなというのは、誰《だれ》を指して言ったんだろう。人に変なちょっかいをかけてくる人たちのことか。それともクラスメイトみんなのことを指してだろうか。

そう考えて思い出したのは、一週間前の古部さんの姿《すがた》だった。まだ親しくなる前に感じた周囲を拒絶《きょぜつ》するようなあの雰囲気《ふんいき》。やっぱりあれは気のせいじゃなくて、本当にまわりとの接触《せっしょく》を拒《こば》んでいたんだろうか。

人嫌いという言葉が頭に浮《う》かんだ。そうだとしたら、どうして僕には優《やさ》しく接してくれるんだろう。

同情。それは以前も考えたこと。でもちがう気がする。やっぱり古部さんからは哀《あわ》れみとか、そういう感情は伝わってこない。

わからなかった。古部《こべ》さんが誰《だれ》を嫌《きら》っているのかも、その誰かをどうして嫌っているのかもわからない。

だけど尋《たず》ねようとは思わなかった。無理に古部さんの心の中に踏《ふ》みこむことはしたくない。嫌われたくないから。

いつかもっと仲よくなったらきけるだろうか。きけたらいいと思う。

古部さんのことをもっとちゃんと知りたいと、僕《ぼく》は思うようになっていた。


「これを読んでほしいの」

放課後、ごく短い発声練習をやったあと、古部さんに言われた。これ、とは彼女《かのじょ》が鞄《かばん》から取り出した何枚《まい》かの紙だった。

A4サイズのコピー用紙で、端《はし》がホチキスで留められている。一枚目には『悪魔剣士《あくまけんし》カヤ第一話』と書かれていた。その下に制作という文字もあり、会社名のようなものも書かれている。

古部さんも同じものを持っていた。いや、ちょっとちがう。古部さんのはホチキスじゃなくて、ちゃんと製本《せいほん》されていた。

「な、なな、なにこ、こここ、これ？」

「『悪魔剣士《あくまけんし》カヤ』の台本。柏崎《かしわざき》くんのは、私のをコピーしたものだけど」

「えっ、そっちはほ、ほ、ほ、ほん、ほん、本物なの？」

「うん。プレゼントに応募《おうぼ》して、あたったの」

「そうなんだ……。で、でで、ででで、でもよ、よよよ、よよよ、読むってどど、どど、ど、どういうこと？」

　古部さんが口を開きかけて、でもすぐに閉《と》じた。それから顔をうつむかせて。

「……誰にも言わないでほしいんだけど」

「な、な、な、なに？」

「私……声優《せいゆう》を目指してるの」

「声優……？　声優ってア、ア、アア、アニメとかええ、映画《えいが》とかにこここ、ここ、声をあてる人のこ、ここここ、こと？」

「うん……」

「そ、そうなんだ……声優……」

声を使う仕事。僕《ぼく》には絶対にできない仕事だ。

「……今までもこの台本で演技《えんぎ》の練習をしてきたの。でもずっと一人でやってたから、相手役が欲《ほ》しいなって思ってて」

「無理だよ」

とっさに、というよりほとんど無意識に言っていた。こういう、あまり自分の意思とは関係なく出る言葉はつっかえないことが多かった。

「ぼ、ぼぼぼ、ぼぼぼ、僕があ、あい、相手なんてむむ、むむむ、無理だよ。みみみ、みみ、見たでしょ。ききき、きき、昨日のこ、ここ、ここここ、こここく、こく、国語のお、お、おおお、おん、おお、音読のときのよ、よみ、よよよよ、読みかた」

「それは気にしなくていい。どんな読み方でもかまわないから」

「れれ、れれれれ、れん、練習にならないよ。むむむむ、むしろじ、じじじ、じじ邪魔《じゃま》しちゃうって」

立花先輩《たちばなせんぱい》から教わったものには朗読《ろうどく》練習もあるけど、あれは一人でやることだ。だから失敗しても古部さんの迷惑《めいわく》にはならない。でも、台本の読みあいはちがう。

「邪魔なんかじゃない。お願い、一緒《いっしょ》にやって」

「いや、でで、でも」

「お願い」

「……」

「柏崎《かしわざき》くん」

じっと見つめられる。まっすぐな、真剣《しんけん》な表情。

「だ、だだ、だだ、誰《だれ》かと一緒《いっしょ》にれれれ、れれれ、練習したいのなら、な、なんでえ、ええ、ええええ、演劇部《えんげきぶ》とかにはい、は、ははは、入らなかったの?」

「……演劇部だと裏方《うらかた》とかもやらされるだろうと思ったから。でも、やっぱり相手が欲《ほ》しいの。お願い」

「む……むむ、む」

無理だよ、と言いたかった。

そんな練習の相手に、僕がなれるわけない。僕とやるくらいなら一人でやったほうがずっとましなはずだ。

「む、むむむ」

「無理じゃない」

初めて、古部《こべ》さんが僕《ぼく》の言葉を先取った。

「邪魔《じゃま》にもならない。絶対にならないから。ねえ、だからお願い。私と一緒《いっしょ》に練習して。お願いだから」

なんでこんなに必死に頼《たの》んでくるんだろう。演技《えんぎ》の練習って、そこまでして相手が必要なものなんだろうか。

古部さんは、変わらずにこっちを見つめ続けていた。じっと、まっすぐ。

「……わわ、わかった」

その目の、表情の真剣《しんけん》さに思わず言ってしまう。それ以上嫌《いや》だとは言えなかった。

「で、ででで、でももしぼぼ、ぼぼぼ僕じゃ無理だとおも、おお、思ったらすぐに言ってほしい。きき、ききき、きき気をつ、つつ、つかってつつ、つつ、つつつつ、続けようとはしないで。め、めめめ、迷惑《めいわく》はぜっ、ぜぜ、ぜぜ、絶対かけたくないから」

「わかった。約束する」

そう言って、古部さんは台本を開いた。

とたん、心臓《しんぞう》が波打ち始める。授業の音読のときほどではないけど、体がこわばる。

「それじゃあ、二十五ページを開いて」

言われるままにページをめくり、開く。カヤとニバスという文字が見えた。その下には様々な台詞《せりふ》がつらなっていて、台詞の間にはたぶんト書きと呼《よ》ばれる文章も書かれている。

「ここは、カヤが死んだあとで血を分《わ》け与《あた》えられて、悪魔《あくま》の世界のニバスの館《やかた》で目覚めるシーン。私がカヤをやるから、柏崎《かしわざき》くんはニバスをやって」

「ううう、うん」

「じゃあ、いくね」

一拍《いっぱく》、間が空《あ》いた。それから。

「……ここはどこ？」

古部さんの演技《えんぎ》が始まった。

「なんで私、こんなところで眠《ねむ》って……。たしか学校から帰って、家について……いやちがう、ついたんじゃない。帰る途中《とちゅう》でなにかあって……」

台本に書かれているとおりの台詞を古部さんが読み進める。

なんていうか、すごく自然な演技だった。演技のことなんか全然わからないけど、素直に上手だって思える。

「そう。なにか起こったんだ……。でもなにかって……。あっ……！」

ト書きには、そこでカヤがトラックに轢《ひ》かれるシーンが映《うつ》ると書かれている。

「そうだ……私、トラックに轢かれたんだ……。轢かれて……でも、そのあとは……」

古部《こべ》さんが少しの間を作り。

「私……生きてる……の？」

その台詞《せりふ》のあとが、ニバスの登場シーンだった。カヤのいる部屋に入ってきて、入ってくると同時に台詞がある。

小さく深呼吸《しんこきゅう》し、それから僕《ぼく》は口を開いた。

「よ……」

でも、やっぱりうまく出なかった。

「よ……よ、よ、よよ、ようやくめ、めめめめ、めめめ、目覚めたか」

「あなた、誰《だれ》……？」

「ひ、ひと、ひひ、人に名をたた、たたたた、たた、尋《たず》ねるときはじじ、じじ、じじじ自分からなの、な、ななな、名乗るべきだとはおも、お、お、思わんか？」

「私は……カヤ」

僕がひどくつっかえても、古部さんの演技《えんぎ》は変わらずに自然だ。

「カ、カ、カカ、カカ、カヤか。あ、ああああい、あい、あい、相変わらずに、にに、ににに、人間のな、ななな、名前というのはおおお、おおおお、おかしなものだな」

「人間……」

「カカ、カカカ、カカカカ、カヤ。お、おお、おおおお、お前はあ、あく、あく、ああああく、あああ、悪魔《あくま》という存在《そんざい》をし、しし、知っているか？」

「悪魔……？　知ってるけど……」

「わ、わわ、わわ、わわわわ、我《われ》はあ、あああ、あく、あああく、あく、悪魔だ」

「は……？」

「い、いい、いち、いち、いいいいち、一度だけ話してやる。それで理解し、なな、ななな、なな納得《なっとく》しろ。わ、わわ、わわわわ、我はあ、あ、あ、悪魔で、そしてお、おおお、お前もはは、はは、はん、はん、はん、半分ああ、ああ、あああ、あああ、ああ悪魔になった」

「あなた、いったいなにを言ってるの……？」

「き、ききき、きききき、きけ。わわわ、我はあ、ああああ、ある、主《あるじ》に差し出すためのにに、ににに、にに、人間を探《さが》していた。な、なな、ななな、なな……」

出ない。

「な、な、ななな、なな、なかなかてて、てき、ててて、適当な人間がいなくてふ、ふふふふ、憤慨《ふんがい》していたとき、いい、いいい、いいいい、命を落としかけているむ、むす、むむむむ、娘《むすめ》を見つけた。それがお、おおお、おお、お前だ。お、お、お……」

また出なくなる。息が苦しかった。

「お、おお、お、お前はあ、あ、あああ、主が求めたじ、じじ条件《じょうけん》ににに、人間だったので、死なせないようにわ、わわ、わわ、我《われ》の、ち、ちちち、ちちちち、血をあた、あたた、ああ、ああ、あた、あああ与《あた》えながら、こ、ここ、こちらにつれ、つつつつ、つつつつ連れかか、かかか、帰ったのだ。しかしお、おおお、お前のかか、かか、体がだ、だ、だだだ、だ……」

苦しい。つらい。なんで僕《ぼく》はこんなことをやっているんだろう。

「だ、だ、だだだ、だだ惰弱《だじゃく》でよよ、欲張《よくば》りだったせいで、か、かか、か、かかかか、回復には結構な量のち、ちちち、ちち、血が必要だった。あ、ある、あああ、主《あるじ》のご、ごご、ごご、御前《ごぜん》に差し出したこ、ここここ頃《ころ》にはもうお前のか、か、か、体には我のちち、ちちち、血が濃《こ》くな、なな、流れすぎていて、人間とはよ、よよよよ呼《よ》べないものになっていたのだ。あ、あああ、案の定う、うううう、うう受け取ってはもらえず、仕方なくわ、わわわ、わわ、我のややか、ややや、館《やかた》につ、つつつつ、つつつ連れて来たというわけだ」

「なにそれ……」

「と、とと、とととと、とりあえずはここ、ここ、ここにお、お、おい、おおお、置いてやる。こ、これ、ここ、ここ、ここここ、これからどうするかはじじ、じ、自分でか、かか、考えてき、き、き、ききき、きききききき決めろ」

「これから……？」

「お、おお、お前はもうに、にに、ににに、にににに人間ではない。に、ににににに、人間界で暮《く》らせるか、かかか、かかか、かかかか体ではないということだ」

「なによ、それ……。あなた、本当になになにを言ってるの？　なにかの悪ふざけ？　それとも酔《よ》っぱらってるの？」

「り、りり、りか、りか、りりりりり理解のお、おおおお遅《おそ》いや、やや、やや……や……奴《やつ》だ。ななな、なら証拠《しょうこ》をみみみみ、見せてやる」

これで、このシーンのニバスの台詞《せりふ》は終わりだった。

このあとはニバスがカヤをナイフで刺《さ》して、シーンが終わりになる。

「えっ……う……そ……」

刺された演技《えんぎ》。上手だった。

それから少しの間があって、古部《こべ》さんが台本を置く。

こんなことさせてごめん。たぶんそう言われるはずだ。僕《ぼく》の台詞《せりふ》は演技《えんぎ》などとはとても呼《よ》べない、ひどいものだっただろうから。

「じゃあ続けて、次のシーンもやろっか」

「えっ……？　ま、まままま、まま、まだやるの？」

「私はやりたいけど、嫌《いや》？」

「い、いい、嫌っていうか……。こ、ここ、ここここ、こん、こん、こんな台詞のよよよ、よ、よみ、よみ、読みかたでいいの？」

「全然かまわない」

本当だろうか。たしかに古部さんの演技に乱《みだ》れはないけど……。

「ぼ、ぼぼ、ぼぼ、僕にき、きき、ききき気をつ、つつ、つか、つつ、つつつつ、つかってない？」

「つかってない」

「ぼ、僕があああ、あい、相手でも、ひ、ひひひ、ひひ一人よりふ、ふふ、二人のほうがいいの?」

「もちろん」

古部さんがうそを言っているようには見えない。

でも、だからやり続けてもいいんだって気にはならなかった。あまりにも、僕の読みはひどすぎる。

それでも、やめようとは言えなかった。古部さんがもういいと言わない限りは続けるしかない。

どうしてかと言えば、怖《こわ》いからだ。無理に拒絶《きょぜつ》して、古部さんに嫌《きら》われるのが怖い。だから続けるしかない。

「じゃあ、次のシーンいくね」

古部さんが言い、そしてまた、古部さんの自然な演技と、僕のひどく下手《へた》な台詞読みが繰《く》り返《かえ》される。

そのシーンが終わると次のシーンに移り、それが終わるとまた次のシーン。終わることなくずっと続いた。

はっきり言ってつらかった。何度もつっかえ、そのたびに苦しくなり、最後のほうには吐《は》き気《け》すら感じた。

なんでこんなことやっているんだろう。その思いはだんだんと、なんでこんなことやらされているんだろうという気持ちに変わっていった。古部《こべ》さんにやらされている。そんなふうに思いたくなかったけど、どうしてもそういうほうへと向かってしまった。

なんで古部さんは僕《ぼく》にこんなことをさせるんだろう。練習なんてしなくてもこんなに上手なのに。

古部さんが上手だから、なおさら僕のひどさが際立《きわだ》つ。みじめになって、早く終わってほしいと思った。

でもその願いは古部さんには届《とど》かず、下校の放送の時間になるまでずっと、僕は台本に書かれた台詞《せりふ》を読み続けなきゃならなかった。


ようやくしゃべり続けることから解放された、放課後の帰り道。はぁ、とついため息が出そうになる気持ちをおさえながら、僕は古部さんのとなりを歩いていた。

疲《つか》れがひどい。運動したあとみたいな心地よさは少しもなくて、ひたすら不快な消耗感《しょうもうかん》だけが体を包んでいる。体だけじゃなく、心も。

その疲労《ひろう》に拍車《はくしゃ》をかけたのが、放送室を出る間際《まぎわ》に古部さんに言われた言葉だった。

『これからも練習続けていこうね』

きいた瞬間《しゅんかん》に、嫌《いや》だと思った。でも、言うことはできなかった。だからこれからも僕はあの台本を読み続けなければならない。

言えばいいと思うかもしれない。だけどできないんだ。嫌《きら》われたくないから。だって吃音者《きつおんしゃ》が人と親しくなるって、とてつもなく難《むずか》しいことだから。少なくとも僕はそうだった。古部さんは、家族以外では今までの人生で一番親しくなった人だ。嫌われたくない。絶対に。だから、嫌だなんて言えない。

救いは、明日は土曜日だってことだ。僕らのかよう学校は週休二日制なので、明日と明後日《あさって》は休日だ。

でも月曜日のことを考えると気が重かった。ただでさえ、授業中いつあてられるのかって不安でいっぱいなのに。

昨日までは、これからの放課後の古部さんとの時間は楽しいものになると思っていた。

でも今はもう、そんなふうには思えない。

「柏崎《かしわざき》くんは、お休みの日はなにをしてるの？」

駅への道を歩いている途中《とちゅう》で、古部《こべ》さんが話しかけてくる。

「ほ、ほほ、ほほほ、本よ、よよ、よん、よよ、よよよよ、読んでるかな」

気持ちの落ちこみをさとられないように、僕《ぼく》はなるべく普段《ふだん》どおりの声を装《よそお》った。

「外には出ないの？」

「うん……あ、ああ、ああ、あまり……」

「そうなんだ」

古部さんは、いつもと同じ様子。僕の心の内に気づいてはいないようだった。

やがて駅が見えてきて、いつものように定期券を用意しながら構内に入ろうとしたところで足が止まる。古部さんに腕《うで》を引かれたからだった。

「ねえ柏崎くん、お願いがあるんだけど」

「な、なに？」

「あそこ、入りたいの」

古部さんが指さしたのは、ファストフード店だった。見たとたん、ぞっとするような思いが湧《わ》いてくる。

「い、いや……ああ、ああ、あああ、あそこはち、ち、ちち、ちちちち、ちょっと」

「どうして？」

「そ、その……」

「いいじゃない。行こ」

「えっ、あ……」

古部さんが強引《ごういん》に腕《うで》を引《ひ》っ張《ぱ》る。

だけど、あそこに入るのは本当に嫌《いや》だ。なぜなら、あそこは。

拒絶《きょぜつ》できないまま、古部さんはどんどん進んでいく。僕の手を引いて、僕の行きたくない場所へと。

店内は音楽や会話の声で騒がしく、見渡《みわた》すと、僕らと同じ制服姿《すがた》がいくつか目に入った。でも見知った顔はなくて、それにほっとする。

まだ古部さんは僕の腕を放してはくれなかった。そのままカウンターへと近づいていく。

僕だけなにも注文しないということも考えていたけど、どうやらそれもできそうになかった。

「いらっしゃいませ。ご注文をどうぞ」

カウンターに客はいなくて、すぐにそう言われた。

「私は、普通のハンバーガーとコーラ」

「サイズはいかがいたします？」

「えっと……小さいサイズで」

「Sサイズですね。かしこまりました。そちらのお客様は？」

瞬間《しゅんかん》、舌がこわばる。

「ハ……」

「はい？」

「……」

「お客様？」

ハンバーガーが出なかった。最初のハの音すらまともに出てこない。

ハンバーガー。ハンバーガー。ハンバーガー。ハンバーガー。

「あの……」

「っ……」

出ろ。出ろ。お願いだから、出てくれ。

「ハン……」

「はい？」

「ハ……ハ、ハン、ハハ、ハハハハハ」

店員が、ぎょっとした表情になった。

「ハハハ……ハ……」

「あの……」

「ハ、ハ……」

「……」

「ハハハ、ハハハハ、ハハハハハハ、ハンバーガーくく、くだ、くくく、くだ、くだ、くだださい」

やっと言えた。

でも、ほっとなんてしなかった。胸《むね》にあるのは消えてなくなりたいと思うほどの恥《は》ずかしさと、絶望感。

「……サイズは？」

「エ、エエ……エ、エ、エエエ、エエ、エエエエエスサイズで」

「ハンバーガーのSサイズですね……かしこまりました」

おかしな人を見る目つき。考えすぎかもしれない。でも僕《ぼく》にはそう思えた。

「こちらでお召《め》し上《あ》がりですか？」

その言葉は、僕じゃなくて古部《こべ》さんに向けられた。

「はい」

「では、すぐにお持ちいたします」

店員の言葉どおり、僕らの注文品はすぐに用意された。

代金を払《はら》って、席へ座《すわ》る。ハンバーガーが一つだけ載《の》ったトレイはとても軽くて、みじめだった。だけどこれ以上の注文なんてしたくなかった。

店内がだいぶ騒《さわ》がしかったので、僕の様子に店員以外の人が気づかなかったのだけが救いだった。それでも、あの人は僕を変に思っただろう。恐怖《きょうふ》すら感じたかもしれない。

ハンバーガーという、たった一言。それが普段《ふだん》以上に出なかった。

以前調べたときに知ったのだけど、吃音《きつおん》には連発《れんぱつ》、難発《なんぱつ》、伸発《しんぱつ》というものがあり、連発は僕がいつもやるように『あ、あ、あ』と音を繰《く》り返《かえ》す症状《しょうじょう》で、難発はさっきのように最初の音が出なくなる症状、そして伸発というのは、『あーりがとう』というように音を伸《の》ばしてしまう症状らしい。

僕は基本的に連発だけど、たまに難発にもなる。自分の名前とか、今のように店で注文するときとか、言《い》い換《か》えができなくてあせったときに難発になりやすいという気がする。

一度どっちが他人から見て、よりみっともないか考えたことがある。考えて、同じだと思った。

どっちも、すごくみっともない。言葉を言えないのも繰り返すのも、同じように相手を驚《おどろ》かせて、笑われて、ときには怖《こわ》がられることだってあって。

そういうときに僕がどんな思いになるか、普通の人には決してわからないだろう。店で注文するのなんて他人にとっては日常的な、ごくごくあたりまえのことでしかない。

でも、そのあたりまえのことが僕にとっては、吃音者にとっては地獄《じごく》のような苦しみなんだ。

二人でハンバーガーを食べる間に、古部さんが何度か話しかけてきたけど、あまり内容が頭に入ってこなかった。さっきの失敗が頭の中に居残り続けて、情けない、みっともないと僕を責《せ》め続《つづ》けて、ハンバーガーの味もほとんどわからなかった。

目の前に座《すわ》る古部《こべ》さんには、なにも気にしている様子はない。

だけど……。

もしかしたら心の中では嗤《わら》っているのかもしれない。そもそも僕《ぼく》がこういう場所でうまく注文できないのなんて、少し考えればわかるはずだ。だから古部さんは、わざと誘《さそ》ったのかもしれない。僕が恥《はじ》をかくのを見て楽しむために。

それなら今までも、僕の吃音《きつおん》を気にしないふりして本当は嘲笑《あざわら》っていたんだろうか。僕と友達になったのも、僕のみじめな姿《すがた》をそばで見て、楽しむためで。

いや……ちがう。

そんなはずなかった。古部さんがそんな人なわけない。ひどい被害妄想《ひがいもうそう》だ。

でもすぐに思い直したとはいえ、そんなふうにすら考えるようになってしまっているのも事実だった。さっきの放送室でやった練習のせいだ。古部さんにとってはただの演技《えんぎ》の練習でも、僕にとっては苦行とも言えるあの台本読み。

これからもあんなことをやらされ続けたら、僕はいつか古部さんを嫌《きら》いになってしまうかもしれない。

それは嫌《いや》だった。そんなことにはなってほしくない。そうならないようにしようと思いたい。

だけど無理だった。

今の僕には、もう無理になっていた。


その土日は、一度も外に出ないで過ごした。

なにもせずにぼおっとして、たまに本を読んだりして。

一度だけ、古部さんからメールが来た。土曜日の夜だった。

『明日の朝九時から、カヤのアニメが放送されるから、よかったら見てみて。楽しんでもらえると思うから。できれば、ニバスがどういう感じのキャラクターなのかもつかんでほしい。そうすればきっと、これからの練習に役立つだろうから』

練習。その文字を見て、暗い気分になる。

それでも、言われたとおりにアニメを見てみた。三十分間のほとんどが、放送室にあったフィギュアと同じキャラクターが敵《てき》と戦っているシーンだった。

これがカヤなんだろう。ニバスも登場して、悪魔《あくま》といってもほとんど人間と同じ外見をしていることがわかった。

楽しいのかどうかはよくわからなかった。そもそも放送中ずっと明日からの練習のことが頭の中にあって、とてもアニメを楽しもうって気にならなかった。

長い髪《かみ》の少女、カヤが剣《けん》をふって戦う。

見た目がどことなく古部《こべ》さんに似《に》ていると、画面を見つめながら思った。

第五章　もう君としゃべりたくない

それからは、ずっと古部《こべ》さんとの練習が続いた。

二人きりの放送室で、台本を読んでいく。三十分のアニメの台本なのですぐに読むべき台詞《せりふ》は尽《つ》きて、でも古部さんは同じシーン、同じ台詞を何度も繰《く》り返《かえ》して練習するつもりのようだった。

それも十数回もやるとさすがにマンネリを感じたのか、その後は二話以降《いこう》の台詞を自分で書き起こしたものを持ってくるようになった。

僕《ぼく》はなにも言わずに、渡《わた》された台本の中の台詞を読んだ。つっかえてつっかえて、スムーズに台詞が出ることなんて一日の中で一度か二度だった。

役になりきって。古部さんに、何度かそう言われた。

そんなことできるはずなかった。こんな僕が、どうやったら普通にしゃべれるキャラになりきれるんだ。

それでも言い返したりはしなかった。そして言葉が出ずに息が苦しくなるたびに、我慢《がまん》しなきゃと自分に言いきかせた。古部《こべ》さんと友達でいるには我慢しなきゃならない。これは仕方のないことなんだって、言いきかせた。

我慢の日々は、五月に近づいてもずっと続いた。

もうすぐ連休が始まれば、その間は古部さんとの練習もしなくてすむ。最近はずっとそれを考えながら、僕《ぼく》は過ごしていた。

そんな中、四月最後の週の初日に授業であてられた。

数学の時間で、答えはわかっていたけど、言えなかった。

「わ、わか、わかりません」

そう答えると、別の人があてられた。その人が答えたあとで、教師に言われた。

「柏崎《かしわざき》、こんな問題も答えられないのか。ちゃんと復習しておけよ」

「す……いません……」

本当はわかっていたのに。だけど言葉にできない以上、わかっていたって意味はないんだ……。

授業が終わって休み時間になると、教室内が騒《さわ》がしくなる。まわりからきこえるのは、楽しそうな声ばかり。この一ヶ月で、クラスメイトたちはみんな自分の話し相手を見つけたようだった。

僕のとなりには、古部さんがいる。だけど僕たちの間に会話はない。教室にいる間はいつもそうで、僕らが話すのは昼休みと放課後、放送室にいるときだけ。

けれど、その放送室での会話も最近は全然楽しくなかった。最初はしゃべれるのがあんなにうれしかったのに、今は話していたくないと思う。

全部、練習のつらさのせいだ。練習が始まった日からずっと、僕の心は重りがつけられたように沈《しず》みっぱなしだった。

だから最近、少し思うんだ。

こんな思いをしてまで古部さんと、友達と一緒《いっしょ》にいる意味ってあるのかなって……。

五月の連休を二日後に控《ひか》えた日の朝、立花先輩《たちばなせんぱい》からメールが来た。

『椎名《しいな》先生から伝言。今日の放課後、連絡事項《れんらくじこう》があるので放送室に来るようにとのこと。呼《よ》ばれてないけど、俺《おれ》も一応行くつもりです』

その日の昼休みに話したとき、古部さんにも同じメールが送られてきていたことがわかった。

「連絡《れんらく》ってなんだと思う?」

「さあ……」

そう答えはしたけど、僕《ぼく》には思いあたることがあった。

立花先輩《たちばなせんぱい》じゃなく、椎名《しいな》先生からの連絡。そして立花先輩は来るように言われていない。

つまり僕ら二人に用があるってことだ。

……たぶん、下校の放送についてのことなんじゃないかと思う。放送を古部《こべ》さんだけがやっているのをおかしいと思って、問いただされるんじゃないか。

もしそうだとしたら正直《しょうじき》に話すしかない。問題は、先生が納得《なっとく》してくれるかどうかだ。

放課後のことが気になって、僕は食欲《しょくよく》がなく、弁当もほとんど喉《のど》をとおらなかった。


「やあ、ひさしぶり」

放課後、僕と古部さんがいる放送室に、立花先輩がにこやかに入ってきた。

「どうも」

「おおおひ、おひさしぶりで、です……」

「元気だった、二人とも？　機会を見て何度かは様子を見にくるつもりだったんだけど、勉強相手が厳《きび》しくて自由になる時間があまりなくてさ。ごめんね」

「そんな必要ないです。私たち、ちゃんとやってますから」

「まあそれはわかってるんだけど、ずっとほったらかしっていうのもどうかと思うから。それに俺《おれ》も二人と話して息抜《いきぬ》きしたいし。ところでさ、たぶん連絡事項《じこう》っていうのは」

言いながら立花先輩が椅子《いす》に座《すわ》って、でもそこでまたドアが開いた。

入ってきたのは、手にプリントの束《たば》を持った椎名先生。その姿《すがた》を見た瞬間《しゅんかん》、緊張《きんちょう》で思わずつばを飲みこみ、大きく音が鳴った。

「ん？　なんだ、立花。お前もいたのか」

「一応、まだ部員なので」

「勉強はいいのか？」

「平気です。ところで連絡事項っていうのは、弁論《べんろん》大会のことですか？」

「ああ、そうだ」

下校の放送のことじゃなかったことに一瞬《いっしゅん》ほっとして、でもすぐに別の不安が湧《わ》いた。

弁論大会。それにはもしかして、僕も参加するんだろうか。椎名先生は、僕と古部さんを呼《よ》び出《だ》した。

それって、つまり……。

「柏崎《かしわざき》、古部《こべ》、これを読んでおけ」

椎名《しいな》先生にプリントを渡《わた》される。市内弁論《べんろん》大会、という文字が見えた。

「毎年二回やってるもので、うちの放送部はいつも出場してる。出場者は一人ずつそれぞれテーマを決めて、それを五分以内で発表するという形式だ。今回は二人分申しこんであるから、お前らが出ろ」

一人ずつ。発表。

無理だ、と思った。

「別に賞取れなんて言わんから、普通にやってくれればいい。放送コンクールなんかとちがって全国とかにつながるもんでもないし、市が思いつきでやってる催《もよお》しものだからな」

普通に。普通になんて、僕《ぼく》は。

「細かいことはそこに書いてあるから読んでおけ。事務的なことは私にきいてもいいが、テーマの決めかたとかそういうのは立花《たちばな》にきけよ。私はさっぱりだから。じゃあ、あとは任《まか》せ」

「先生、ちょっといいですか？」

立花先輩《せんぱい》が、椎名先生の言葉をさえぎった。

「あ？　なんだ？」

「弁論大会、俺《おれ》に出させてもらえませんか？」

「お前が？　なんでだ？」

「俺、去年の秋は転校してきたばかりで出られなかったじゃないですか。だから一度、出ておきたいんです。入賞できれば内申《ないしん》に有利かもしれないし」

「たしかにいくらか有利にはなるだろうが、勉強のほうはいいのか？」

「大丈夫《だいじょうぶ》です。今のところは順調に進んでるので、余裕《よゆう》ありますから」

「まあお前がどうしてもやりたいんなら、私は別に止めんが」

椎名先生の視線《しせん》が、僕と古部さんに向く。

あわてて、僕は口を開いた。

「あ、あの、ぼ、ぼ……僕、先輩とか、か……わります」

「えっ、柏崎くん、いいの？」

「はい……」

「助かるよ。ありがとう」

あきらかに演技《えんぎ》だってわかる立花先輩《たちばなせんぱい》の言葉。心の中に感謝と、そして罪悪感《ざいあくかん》が広がった。

「本当にいいのか、柏崎《かしわざき》？」

「い、いい……です」

「そうか。まあ、お前らは来年も再来年《さらいねん》もあるしな。それじゃあ、うちから出るのは立花と古部《こべ》って連絡《れんらく》しておくぞ。古部もそれでいいな？」

「……」

「古部？」

「……わかりました」

なぜか、古部さんの声が不満げにきこえた。

「よし。じゃあ、あとは適当にやってくれ。当日は私の車で会場まで送ってやるから、学校に集合な。それじゃ」

そう言い残し、椎名《しいな》先生が放送室を出ていく。

「大会の日は……六月入ってすぐか。楽しみだな。どんなテーマにしようかな」

立花先輩がプリントを見ながら言う。とても明るい口調で。

「……す、すいません、先輩」

「ん、なにが？」

「ぼ、ぼ僕《ぼく》、ぼぼぼ、僕のためにで、で、でで、ででで出るってい、いいいい、言ってくれたんですよね？」

「いや、そんなことないよ」

「かかか、か、かか、隠《かく》さなくていいです。わわ、わ、わ、わかってますから。すいません……ほ、ほほほ、ほん、本当に……」

「うん……まあなんていうか、たしかに柏崎くんは出たくないだろうからっていう気持ちはあった。でもさ、一度出てみたいっていうのも本当なんだ。さっき言ったとおり、去年は出られなくて、だから来年チャンスがあればって思ってた」

「べ、べべ、べべ、勉強のほう、ほほ、本当にだ、だ、だだだだ大丈夫《だいじょうぶ》なんですか……？」

「平気平気。……まあ勉強相手は怒《おこ》るかもしれないけど、なんとか説得するから」

本当に平気なんだろうか。もし弁論《べんろん》大会に時間をさいたせいで、立花先輩が受験に失敗したら……。

だからといって、自分がやるなんて言えるはずなかった。大勢《おおぜい》の人の前で発表なんて、できるわけがない。

「……すいません」

「大丈夫《だいじょうぶ》だって。気にしないで」

立花先輩《たちばなせんぱい》が、ぽん、と僕《ぼく》の肩《かた》に手を置いた。

「本当に気にしないでいいからさ。助けあい助けあい。同じ部の仲間なんだから」

「……はい」

「さて、悪いけど俺《おれ》はそろそろ行かなきゃ。古部《こべ》さん、弁論《べんろん》大会のことでなにかききたかったら、いつでも電話かメールしてね」

「わかりました……」

「それじゃ、お先に」

立花先輩がドアへ向かう。本当にありがとうございますと、僕はその背中《せなか》に心の中でお礼を言った。

先輩がいなくなり、また静かになる。すぐにいつものように練習を始めるのかと思ったけど、ちがった。

古部さんはうつむいていた。膝《ひざ》の上で手を組みあわせて、それにじっと視線《しせん》を向けて、なにか考えごとをしているように見えた。

「ど、どど、どうかした……？」

「えっ？」

はじかれたように、古部さんが顔を上げる。

「ななな、なにかかかか、かかか考えごとしてるようにみ、みみみ見えたから」

「……」

古部さんが、また視線をうつむける。いったいどうしたんだろう。

「あっ」

いきなり、古部さんが声を上げた。

「そういえば、教室に忘《わす》れ物《もの》しちゃってたの。取りに行ってくるね」

「えっ、あ、う、うん」

「すぐ戻《もど》るから」

古部さんが立ち上がり、放送室を出て行く。なぜか自分の鞄《かばん》を持って。

「……どうしたんだろう」

なんだか様子がおかしかった。なにか悩《なや》んでいるようで、でもなにを悩んでいるのかは全然わからない。

だから僕《ぼく》は、ただ待つしかできなかった。

なかなかドアは開かなかった。五分、十分。そうやって時間がたつうち、だんだん不安になってくる。もしかして古部《こべ》さんは帰ってしまったんじゃないかと思って。

だけど帰る理由もわからない。それに、すぐ戻《もど》ると言っていた。帰るつもりなら、どうして僕にそんなうそをついたのか。

わからなくて、不安で……。

やがて、ガチャリという音がきこえた。そしてすぐに古部さんが入ってきた。

その姿《すがた》を見て、ほっとする。だけど古部さんはドアのそばに立ち止まったまま、椅子《いす》に座《すわ》ろうとしなかった。

「どどど、どど、どうかした……？」

問いかけても、反応はない。

やっぱりおかしい。いったいどうしたんだろう、と思ったとき。

「……ねえ、柏崎《かしわざき》くん」

僕《ぼく》を見つめ、古部《こべ》さんが言った。

「弁論大会《べんろんたいかい》……出たほうがいいんじゃない？」

「えっ……？」

言われた一瞬《いっしゅん》、感情の動きが止まった。

「立花先輩《たちばなせんぱい》は勉強があるんだから、それに専念《せんねん》させてあげたほうがいい。出たくないっていう気持ちはわかるけど、それでも私は柏崎くんが出るべきだと思う。たしかに柏崎くんには吃音《きつおん》があるけど、まったくしゃべれないわけじゃないんだから」

なんで。

「もし失敗しても気にしなければいい。別に恥《はじ》をかいたっていいじゃない。弁論大会なんてクラスメイトはおろか、きっとこの学校の生徒や先生だってほとんど来ないはず」

なんで。なんで。

「だから出よう？　今から立花先輩と椎名《しいな》先生のところに行って、自分が出るって言おうよ」

なんで。なんでだよ。なんで急にこんなこと言うんだ。僕を苦しめるようなことを、なんで。

「それに、人前に出てたくさんしゃべって自信をつければ、吃音《きつおん》が治るかもしれない。治らなくても少しは改善されるかもしれない」

治らないよ。治らないんだよ。それどころか、大会で大失敗なんかしたら、立ち直れなくなるかもしれない。

今でも覚えている。あの学芸会でのざわめき。あんなのもう絶対に味わいたくない。でも大会に出ればきっと、いや絶対に同じことが起こる。

想像しただけで体がふるえる。吐《は》き気《け》がしてくる。古部さんにはわからないんだ。きっと誰《だれ》にもわからない。あのつらさ、あせり、恐怖《きょうふ》。

あのときの、いやそれ以上の苦しみを味わえ。君が言っているのはそういうことなんだ。苦しめって、傷《きず》つけって、君は今、僕《ぼく》にそう言っているんだよ。

「だから出よう？　言いやすい原稿《げんこう》を、私も一緒《いっしょ》に考えてあげるから」

言いやすい原稿なんてない。サ行だって、そんな場所ではきっと出なくなる。

「ねえ、柏崎《かしわざき》くん。今のままじゃ」

「嫌《いや》だ……」

意識せず出た言葉。だからつっかえなかった。

「……今、なんて？」

「いい、嫌だ。ぼ、ぼぼ、僕《ぼく》はで、でで出たくない」

「……気持ちはわかる。でもこのまま逃《に》げ続《つづ》けてたら、いつまでもそのままよ。一生しゃべることにコンプレックスを感じて、苦しんで、つらい人生になっちゃう。怖《こわ》いと思うけど、それに負けちゃってたらずっと」

「い、嫌だってい、い、いいいい言ってるだろ」

「柏崎くん」

「も、もういい。もも、もうやめてくれ」

「やめない。ねえ、あなたはいつまでそうやって逃げ続けるの？　しゃべることから逃げ続ける、弱くて臆病《おくびょう》なままの人間でいるの？」

言われた言葉が胸《むね》にひびいて、心がかき乱《みだ》される。

「そんなのだめよ。世の中、私みたいに理解してくれる人ばかりじゃないんだから。ひどい人だっていっぱいいる。そういう人たちにバカにされて、笑われる人生でいいの？　嫌でしょ？　だったら治そうって思わなきゃ」

理解してないよ。君だって理解してない。

君は、なにもわかってない。

「逃《に》げないでよ、柏崎《かしわざき》くん。もう逃げないで。入学式の自己紹介《じこしょうかい》のときだって、気持ち悪いなんてうそだよね？　失敗するのが怖《こわ》くて逃げたんでしょ？　そんなこといつまでも続けていちゃだめ。逃げないで、ちゃんと治さなきゃ」

「……さい」

「えっ？」

「うるさい！」

自分の声が室内にひびき渡《わた》る。びくっと、古部《こべ》さんが肩《かた》をふるわせるのが見えた。

「……き、ききき、君はな、ななな、なにもわかってない。ぼぼ、ぼぼぼ、僕《ぼく》のことなんて、ぼぼぼ僕のくっ、くく、くくく苦しみなんてなにもわか、わわ、わ、わかってない」

苦しい息を吸《す》うことでつなげて、僕は言葉を続けた。

「な、な、情けない、逃げちゃだ、だ、だめ。そんなのわ、わわわかってるよ。それでもに、にに、逃げちゃうんだ。逃げちゃうんだよ。き、き、君にはわからないんだ。ぼ、ぼぼ、僕がどど、どど、どんなにくく、くくく苦しんでるか。し、しゃべるってことがぼぼぼぼ僕にとってど、どれだけくく、くく苦しくてつら、つら、つら、つらいことかわか、わからないんだ」

　息が苦しい。でも言葉は止まらなかった。

「わわわ、わか、わか、わからなくてもいいよ。だだ、だだだだ、だけどわからないくせに、かかかか勝手なここ、こと言わないでよ。たたた、たたた大会に出ろとか、にににに逃げるなとか、かかか、かか勝手なこと言わないでよ。ぼぼぼぼ、僕をくく、苦しめないでよ。た、たたた、ただでさえききき、君は僕に、つ、つつつ、つらい練習やら、やら、やらせてくくくく苦しめてるのに」

　そこまで言うと、古部《こべ》さんの表情がはっきりと変わった。

　かまわなかった。もう全部言ってしまおう。もういい。どうにでもなれ。

「い、いいいい嫌《いや》だった。あ、あのれれれ、れれれ、練習。つつつつ、つ、つらくて、みみみじめで、すぐにや、や、やめたかった。ぼぼぼ僕はもう、あんなれ、れれれん、練習やりたくない」

「……だめ」

「えっ？」

「……つらいかもしれない。でも続けなきゃだめ。続ければ……きっと治るから」

「なお……る？」

　ああそうかって、そこで思った。

　あの練習は、吃音《きつおん》を治すためのものだったんだ。古部《こべ》さんはあんなにうまく読めるのに、どうして僕《ぼく》なんかを相手に繰《く》り返《かえ》すのか不思議だった。でも今、やっと理解できた。

　僕のためにやってくれていた練習。だけど、うれしくなかった。だってあれは意味のないことだから。

　文章を読む練習なんて、今まで何度もやってきた。一人で何度も、何度も。そしてなにより、同じような台本を読むことだって僕は過去にやったんだ。お姉ちゃんが演劇部《えんげきぶ》で使った台本を何度も読んで、だけどなんの効果もなかった。今の僕がその証明《しょうめい》だ。この不自由な、格好《かっこう》悪いしゃべりかたが。

「……むむむむ、無駄《むだ》だよ」

　そう。無駄なんだ。そんなことをしたって、僕の吃音は治らない。

「ふ、ふふ普通にしゃべれるき、ききき、君にはわ、わか、わからないだろうけど、治らないんだよ。そんなか、かかか、かか、簡単《かんたん》なものじゃない。そんなか、かか、か、簡単になお、治るならく、くくく、くく、くく苦労し、しないんだ」

「……そんなことない。治る。あの練習を続ければきっと治る」

「な、なな、なんで言いき、きき切れるの？　なにもし、知らないくせに、か、かかか簡単に言わないでよ」

「簡単になんて言ってない……」

「い、いい、いい言ってるよ。わ、わ、わわ、わかってないんだ。あ、ああ、あああ、あんなことく、くく、くく、繰り返してもな、なお、なななお、治らないんだよ」

「治る……」

「な、なな、なんでそんなことい、言えるの？　じ、じじじ、じじ実際にこ、ここ、この練習でなお、なお、治った人いるの？」

「それは……」

その先を古部さんは言わなかった。

やっぱり、治るなんてただ古部さんが思いこんでいるだけなんだ。勝手に考えついた方法で、ただの自己満足で僕を苦しめていただけなんだ。

「……とにかく私の言うとおりにしていれば治るから」

なんだよそれ……そんなの、君が勝手に思ってるだけだろ。

「つらくてもがんばろう？　弁論大会《べんろんたいかい》に出れば、しゃべることにもきっと自信がつく。そうすれば練習にも前向きになれて、続けていけば絶対に治るから」

「……」

「とにかく、今のままじゃ絶対にだめ。治すためにがんばらないと。つらくても我慢《がまん》しないと」

……そうだよ。僕《ぼく》は人よりがんばらなきゃいけない。うまくしゃべれないから。他の人たちと同じ場所で生きていくには、他の人たちより努力して、我慢していかなきゃならない。

だけど……。なんで僕だけそうしなきゃならないんだ。なんで僕だけ、こんなに苦労しなきゃならないんだ。

なにも悪いことなんてしていないのに。

「ねえ柏崎《かしわざき》くん、私と二人で吃音《きつおん》を治そうよ。私、治るまでずっとつきあうから」

「……」

「柏崎くん、私は」

「もういいよ……」

「えっ？」

せっかくできた友達。気兼《きが》ねなく会話ができる友達。うれしかった。こんな僕にも、古部《こべ》さんみたいな友達ができて幸せだった。

だけど、もういい。ずっと望んでいた友達からも苦しみを味わわされるなら、そんな友達にもなにもわかってもらえないのなら。

もう、そんなのいらない。

「こ、こここ……こ……こ……こ、ここ……」

胸《むね》の中にある気持ちを吐《は》き出《だ》そうとして、でもできなかった。

「こ、こ……こ……」

全然、出ない。なんでだ。本当に、なんで僕だけこうなんだ。しゃべりたいのに。伝えたいのに。

「こ……」

古部さんがこっちを見ている。心配そうに。でもいくら心配したって、こうやって言葉がつまるときの僕の気持ちを古部さんはわからない。

わからないから、自分勝手な練習を僕にさせる。ファストフード店に連れて行こうとする。きっとこれからも友達でいつづけたら、いろんな形で苦しまされるんだと思う。

だったらもう、友達なんていらない。

「こ……」

やっぱり言えない。だから僕《ぼく》は手を伸《の》ばした。そばにある鞄《かばん》。そこからノートとペンを取り出す。

こういう伝えかたをしたことは、今まで一度もなかった。僕は声が出ないわけじゃないっていう思いがあったから。

だけど、もういい。

「柏崎《かしわざき》くん……？」

戸惑《とまど》った声。僕はそれをききながし、ペンを持った右手を動かす。

『古部《こべ》さんは、優《やさ》しい人だと思う。こんな僕と友達になってくれて、普通にしゃべってくれて、そのうえ僕の吃音《きつおん》を治そうとしてくれて、本当に感謝してる。だけど、これ以上はもうつらい』

「えっ……」

今度は驚《おどろ》いた声。きこえても、手は止めなかった。

『だから、できればもう僕にかまわないでほしい。僕、わかったんだ。やっぱり友達というより、一人でいるほうがずっと楽だ。古部さんはすごくいい友達だったけど、それでも僕には無理だった。古部さんはなにも悪くない。悪いのは僕なんだ。でも、つらいんだ。だからこれからは一人でいたい。誰《だれ》ともしゃべりたくない』

全部、本心だった。本当に古部さんはいい友達だった。だけどそんな古部さんも、僕を苦しませる。

だから。

『もう、君としゃべりたくない』

古部さんはじっと動かなかった。顔をうつむけて、うつむけるというより完全に下を向いてしまって、表情を確認《かくにん》できない。ただ、両方の手が握《にぎ》りしめられていた。ぎゅっと、とても強く。そしてかすかにふるえていて。

傷《きず》ついたのかもしれない。いや、傷ついたんだ。きっと僕は嫌《きら》われただろう。

だけど、もう僕の口は動かなかった。本当にもうなにもしゃべりたくなかったから。伝えようという気にならなかったから。

ごめん。

最後に、心の中でだけつぶやいた。

そして僕《ぼく》は鞄《かばん》を手に持って、その場から逃《に》げた。

廊下《ろうか》を歩く。放送室を少し離《はな》れると、ほとんど無意識に走り出していた。ひどい気持ちを抱《かか》えたまま、唇《くちびる》をかんで。一秒でも早くこの学校という場所からいなくなりたかった。

一人きりでいられる場所に、帰りたかった。


「うわ、来た」

廊下《ろうか》を曲がったとたん、驚《おどろ》いたような声がきこえた。思わず足が止まる。

見覚えのある顔があった。クラスメイト。名前を思い出そうとしたけど、すぐには浮《う》かばない。男子生徒で、他にも知らない女子生徒が二人いる。

「来たってなに？　えっ、もしかして？」

女子の一人が、口元に笑みを浮《う》かべながら言う。なんだか嫌《いや》な笑いかただった。まるで人をバカにしたような。

「そう、変なしゃべりかたする柏崎《かしわざき》くん」

男子が言った瞬間《しゅんかん》、心が冷たい水に沈《しず》められたような感覚がした。

「ねえ、あいうえおって言ってみて」

「えっ……」

「言ってみてよ」

頼《たの》んできた女子の顔は、楽しそうに笑っていた。他の二人も。

意図はすぐにわかった。この人たちは、僕《ぼく》がつっかえる姿《すがた》を見たいんだ。

「……」

無視《むし》したかった。このまま黙《だま》って通り過ぎたかった。

だけど……ここでちゃんと言えれば。『あいうえお』、たったそれだけちゃんと口に出せれば。胸《むね》の中に、そんな見栄《みえ》や意地みたいなものが湧《わ》いてきていた。

「あ、ああ……あああああ、あい、あい、あい、あい……あああい、あいう、えええええ、えええええええお」

出たのは、いつも以上にひどい言葉だった。たった五文字が全然言えなくて。

「ぷっ、はは、ははは」

そして起こった、爆笑。

「えっ、ちょっとなに、今の？　マジにやってんの？」

三人とも笑っていた。おかしくってたまらないって感じで、楽しそうに。

「っ……」

唇《くちびる》をかむ。くやしかった。言い返したかった。

でもできない。いつもそうだ。こんなふうに誰《だれ》かにバカにされたりからかわれたとき、どうしてか心が強い力でつかまれたみたいに縮《ちぢ》んでしまうんだ。なにも考えたくなくなって、消えてしまいたくなる。

だから僕《ぼく》は目の前にいる人たちに背《せ》を向けて、そこから逃《に》げた。

笑い声はきこえ続けている。足を速め、走った。やり場のないくやしさと情けなさが、胸《むね》の中に広がった。

走り続ける。階段《かいだん》に差しかかったところで、ようやく背後《はいご》からの声がきこえなくなった。

「……なんで」

足を止めて、つぶやいた。

なんで、あんなことするんだろう。簡単《かんたん》に人をバカにしたり、笑ったり、傷《きず》つけたり。

ああいう人たちはなんで、それをやられた側がどういう気持ちになるかわからないんだろう。

胸《むね》に充満《じゅうまん》する、吐《は》き気《け》にも似たひどい感情。なにもかもを投げ出したくなるような、この世のすべてを嫌《きら》いになってしまいそうな気持ち。

「……もう、嫌だ」

僕はこの先もずっと同じ罰《ばつ》を、苦しみを味わわなきゃならないんだろうか。

「それなら……もう……」

足を動かしながら感じていた。心が、もう消えちゃいたいっていう思いに覆《おお》われていくのを。

そしてやがてその思いは、今までのどのときよりも強く濃《こ》く、僕の心を包みこんだ。


お姉ちゃんが帰ってきたのが、音でわかった。

マンションの自分の部屋の中。足音がドアの向こうをとおって、となりの部屋へと入って行くのを、僕はベッドの上できいていた。

学校から帰ってきて、三十分くらいたっただろうか。その間、僕はずっとベッドの上にいた。制服のままそこに腰《こし》かけ、窓《まど》から見える雲が多くて薄暗《うすぐら》い空を、なにも考えずにぼんやり見つめていた。

「悠太《ゆうた》、ちょっといい？」

ドアの向こうから、お姉ちゃんの声がきこえた。

「な……に？」

ドアが開く。私服姿《すがた》のお姉ちゃんが顔をのぞかせた。

「あんた、連休中はどこか行くの？」

「えっ……？」

「休みの間に、友達とどこか行ったりするのってきいてるの」

友達。古部《こべ》さんの顔が浮《う》かぶ。だけど今はもう。

「どうなの？」

「……いいいい、行かないよ」

「なんでよ？　誘《さそ》ってどこか遊びに行けばいいじゃない」

「……」

「しゃべる機会増やせって言ったわよね。吃音《きつおん》、治したいんでしょ？　だったら休日も有《ゆう》効《こう》に使ったほうがいいわよ。一人ででもどこか行ってきたら？」

「い、いいいい、いいよ……そ、そんなの……」

「よくないわよ。あんたは今までひきこもってばっかだったんだから、普段《ふだん》の生活から変えていかなきゃ。休日も外に出て、そうやってだめな自分を変えていきなさい」

だめな自分。その言葉がひどく耳に残った。

……たしかにそうかもしれない。でもそうなったのは僕《ぼく》のせいじゃない。僕だってこんな理不尽《りふじん》なものを抱《かか》えていなければ普通でいられた。きっとだめじゃない人になれた。

「少なくとも今までみたいな生活してたら、治るものも治らないわよ。だから……ちょっと悠太《ゆうた》、きいてるの？」

うっとうしかった。僕の気も知らないで、姉だっていうだけで好き勝手言って。なんでもすらすらしゃべれる人に、なんの苦労もしていない人に、こんな説教じみたことを言われたくなかった。

「悠太」

「もういいから……で、ででで……」

「なに？」

「で、で、で……」

「もっと落ちついて、自信持ってしゃべりなさい。そうすればあんただって、ちゃんとしゃべれるはずなんだから」

言われると同時に、唇《くちびる》をかんでいた。

落ちつけ。自信を持て。口で言うのは簡単《かんたん》だ。でもそれがどれだけ難《むずか》しいことか、考えたことがあるのか。

お姉ちゃんにはわからないんだよ。絶対にわかるはずないんだ。

「悠太《ゆうた》、黙《だま》ってないで」

「う、うるさい！　もういいからで、出てってよ！」

思わず出た大声。それはあまりつっかえずに、はっきりと部屋の中にひびいた。

「……なによ、その言いかた」

お姉ちゃんの声が低くなる。

「……私はあんたのこと心配して言ってあげてるのよ。なのに、その言いかたはなんなのよ」

「……」

「ちょっと、なんとか言いなさいよ」

「……」

「黙ってないで、言いたいことあるならはっきり言いなさい。つっかえてもいいから、ちゃんとこっちに伝えなさい」

ちゃんとしゃべれって言ったり、つっかえていいからって言ったり、どっちなんだよ。

心の中で、僕《ぼく》はそう叫《さけ》んだ。

「ちょっと悠太！」

大きな声がきこえても、僕はなにも言わなかった。どうせ言い返しても勝ち目はないから、目の前にいるお姉ちゃんを無視《むし》し続けた。

早く出て行けと、そう思いながら。

「あのね、世の中あんただけがつらいんじゃないんだから。誰《だれ》だって、なにかつらい思いを抱《かか》えてる。でも、負けないでがんばってんのよ」

そんなの知らない。僕は、僕以上につらい目にあっている人を知らない。そんな人に会ったことない。会ったこともない人ががんばってるって言われたって、僕もがんばろうなんて思えない。

「悠太、ねえ」

うるさい……。

「悠太、あんたなんで黙ってるのよ。あんただってしゃべれるんだよ。考えてること、ちゃんと声に出しなよ。そうしなきゃわかんないんだから」

「……」

「そんなんじゃ、いつまでたっても変わんないって。あんただって治したいんでしょ?　だったらあんた自身がちゃんと考えなきゃ」

うるさい……うるさいんだよ。早く出て行けよ……早く……早く……!

「ねえ、悠太《ゆうた》、あんただってやればちゃんと」

ドン、という大きな音で、きこえていた言葉が止まる。

それは、僕《ぼく》がベッドを思いきり叩《たた》いた音だった。

「ゆう……た……?」

「……うるさいよ、うう、うるさいんだよ!」

僕はこぶしをベッドに叩きつけたまま下を向いていて、だからお姉ちゃんが今どんな顔をしているのかわからなかった。でもそんなのどうでもよかった。

「なななな、なにがみんなががが、ががが、がんばってるだ。そそ、そんなの、おおおお前に言われたってなにもかん、かん、かん、かかか感じない。おお、お前みたいにだだだだ、誰《だれ》とも普通にしゃべれて、じじ、じじじ、じじ、授業の間ずっとびくびくしなくて、ぶぶぶ部活もふふ、普通にやれて、がっ、がっ、ががっ学校にいいいい行くことになんのふあ、不安もない人に言われたって、ななな、なにも感じない！」

床《ゆか》に向かって言葉を吐《は》き出《だ》す。お前なんて呼《よ》びかたをしたのは初めてだった。

「し、死ぬほどがが、がが、ががが学校に行きたくないなんて、ひひひ、人にあ、ああ、会いたくないなんて、きっとおま、お前は思ったことな、なな、ないんだ。だだ、だだだ、だからぼ、ぼ、僕だけがつつつつ、つらいんじゃないなんていえ、いえ、いえいえ……言えるんだ。そういうなんのくっ、くっ、苦労もなく幸せにい、いいい、生きてる人が、死んじゃいたいほどくる、くる、くくく苦しんでる人に、そんなむ、むむ無責任《むせきにん》なこと言うな！」

ためこんでいた思いを一気に吐き出して、僕は視線《しせん》を上げた。お姉ちゃんは小さく唇《くちびる》をかんでいた。僕と同じ癖《くせ》。性格は正反対だけど、こういうところは似《に》ているんだ。

お姉ちゃんは唇をかんだまま、じっとにらむように僕を見つめると、やがて僕に背《せ》を向けて部屋を出ていき、バタンという激《はげ》しい音とともにドアを閉《し》めた。それからすぐ、となりのドアが開いて、閉まる音が大きくきこえた。

「なにもわからないくせに……」

罪悪感《ざいあくかん》なんて湧《わ》いてこなかった。だって悪いのは向こうなんだから。みんな、本当に勝手だ。お姉ちゃんも、古部《こべ》さんも。なにもわかっていないのに、勝手なことばかり言って。

きっと僕《ぼく》の苦しみを理解してくれる人なんて、この世には一人もいないんだ。少なくとも普通にしゃべれる人たちには絶対にわからない。そして僕のまわりにいるのはみんな、そういう普通の人たちだ。

だったら、もういらない。なにも理解しない、僕を苦しめるだけの人たちなんていらない。ずっと一人ぼっちでいい。

「もう……いいや……」

倒《たお》れるようにベッドに体を横たえる。

消えたいと思った。今この瞬間《しゅんかん》に、この世界から。

となりの部屋から声がきこえてきた。かすかな、でも耳慣《みみな》れた声。お姉ちゃんが……そこにいる人が電話をしているようだった。

それをききながら、また思う。やっぱりあの壁《かべ》の向こうにいる人と僕はちがうって。あんなすらすらと言葉を出せる人と僕が同じなわけない。

みんな、ちがう。ちがいすぎる。

僕はきっと、宇宙人《うちゅうじん》みたいなものなんだ。普通の人たちには理解できない異質《いしつ》で異常《いじょう》な存在《そんざい》。だから怖《こわ》がられる。笑われる。僕が宇宙人でいる限り、それは続くんだ。

ずっと、続くんだ……。

第六章　優《やさ》しい人たち

次の日は、学校を休んだ。熱もなく、どこも痛《いた》いわけじゃなかったけど、どうしても行きたくなかった。だから具合が悪いとうそをついて、お母さんに学校に電話してもらった。リビングにいるお姉ちゃんがなにか言いたそうにこっちを見ていたけど、どうでもよかった。

やがてお母さんが仕事に行き、お姉ちゃんも出て行く。玄関《げんかん》が閉《し》まる音を、僕《ぼく》は自室のベッドの上できいた。寝転《ねころ》がり、ぼんやりと天井《てんじょう》を見ながら。

なにもしたくなかった。起きた瞬間《しゅんかん》から暗い、重い気持ちが胸《むね》に居座《いすわ》り続けて、どこかだるいような感覚がする。

何時間も、ベッドの上でぼうっとしていた。ただ天井を見つめて、目を閉《と》じたり開けたり、寝転んだまま窓《まど》の外の風景を見たりして。

だけどそうしていると重い気分に押《お》しつぶされそうな感じがして、少しでも和《やわ》らげるために本に手を伸《の》ばした。そして、ただただページをめくり続けた。文字だけを見つめて、物語の世界に入りこむ。今までもそうだった。つらいことがあると、いつも僕は本の中に逃《に》げていた。その世界にいる間は、少しだけ現実のことを忘《わす》れられるから。

それから何時間もずっと、僕は本を読み続けた。

食べ物は、なにも食べなかった。でも夜中になってさすがにお腹《なか》が減《へ》って、暗いリビングでカップラーメンを作った。冷蔵庫に夕食があるってメモが置かれていたけど、食べたいとは思わなくて、作ったラーメンも半分くらい食べたところで気持ち悪くなって、残りは捨《す》てた。

部屋に戻《もど》り、また本を読む。本の世界から直接、眠《ねむ》りの世界へ行きたくて、どうしようもなく眠気が強くなるまでやめなかった。

やがて望んだままの眠気に襲《おそ》われ、本を置く。そして眠る前に思った。

明日、新しい本を買ってこよう。連休中はずっと、その世界の中だけで過ごそう。

そうすればこの世界にいるときほど、つらくはないから。

翌日《よくじつ》の連休初日、昼前に目が覚めると、すぐに支度《したく》をして家を出た。

エレベーターを降《お》りて外に出た瞬間《しゅんかん》、強い日差《ひざ》しに照らされる。顔を上げて見えたのは雲一つないといった表現がぴったりの青空で、気温も暖《あたた》かかった。だけど心地よさなんてただの少しも感じなくて、むしろ青すぎる空をとても不快に感じた。

日に照らされた道を歩く。家から歩いていける範囲《はんい》に本屋はないから、四駅離《はな》れたところにある本屋まで行かなきゃならない。

乗った電車は、休日のせいで混《こ》んでいた。車内では下を向いて、目的地につくのをただ待つ。誰《だれ》とも目をあわさないように、誰にも話しかけられないように。一人ぼっちの、宇《う》宙人《ちゅうじん》だって気づかれないように。

本屋では、ファンタジー小説を買った。今は現実とちがうファンタジーしか読みたくなかったから。

本屋を出ると、自然と早足になる。早く帰りたい。早く新しい本の中に入って、この世界から逃《に》げたい。

それなのに、現実はまた僕を邪魔《じゃま》してきた。帰りの電車。降りる二つ前の駅で、同い年くらいの男子が三人乗ってきて、僕《ぼく》のすぐそばの席に座《すわ》った。

その中の一人が、清水《しみず》くんだった。

一瞬《いっしゅん》見えた顔に驚《おどろ》いて、思わず視線《しせん》をそらしたけど、きこえてきた声で清水くんだとはっきりわかった。

逃げようとしても、まわりに人がいてできない。顔をうつむかせ、気づかないでくれと願った。一言さえ話したくない。次の次の駅まで、どうか。

清水くんたちはずっと大きな声でしゃべっていて、とても楽しそうだった。誰も言葉をつまらせたりはしなくて、でもそれは彼《かれ》らにとってはごく普通のこと。

普通じゃないのは、僕だけ。

下を見ながら、僕は駅につくのをひたすら待った。きこえてくるとても上手な言葉たちに耐《た》えながら、ひたすらじっと。

なんとか気づかれず、目的の駅に電車が止まる。急いで立ち上がって、逃げるようにして電車を降りた。そのまま改札へ向かって。

「あれ、柏崎《かしわざき》くん?」

改札を抜《ぬ》けると同時に、名前を呼《よ》ばれた。反射的《はんしゃてき》に顔を向けると、そこにあったのは見知った顔。

立花先輩《たちばなせんぱい》だった。

「先輩《せんぱい》……」

「やあ、偶然《ぐうぜん》だね。もう具合は大丈夫《だいじょうぶ》なの？」

「なん……で……」

「えっ？　ああ、そうだよね。昨日、柏崎《かしわざき》くんが学校休んだって椎名《しいな》先生からきいてたからさ」

僕《ぼく》のなんでは、そういう意味で言ったんじゃなかった。なんでここにいるのか、ってききたかったんだ。

でもその答えもすぐに返ってきた。

「出歩いてるってことは、もう平気みたいだね。よかった。実はさ、柏崎くんに渡《わた》したいものがあったから、これから君の家に行くつもりだったんだ。午前中、図書館に行ってきたついでなんだけどね」

「わ、わわ……」

「ん？」

「わた、渡したいも、ものって……」

「ああ、昨日学校でさ……」

そこまで言って、立花《たちばな》先輩は周囲を気にするように顔を動かした。

「ここじゃなんだし、どっかお店にでも入らない？　ごはんでもジュースでも、なんでもおごるからさ」

行きたくないって言いたかった。今は誰《だれ》とも話したくなかったから。

だけど断《ことわ》る言葉も見つからなかった。それに行きたくないって言ったら、先輩は僕の部屋まで来るかもしれない。それはもっと嫌《いや》だった。

「どう？　つきあってくれる？」

「……はい」

だから仕方なく、そう答えた。

「ありがとう。じゃあ、行こうか」

立花先輩が歩き出し、あそこに入ろうと指さしたのは、すぐ近くにあるファミレスだった。

「意外にすいてるね」

奥《おく》の席で向かいあわせに座《すわ》ると、立花先輩が店内を見回しながら言った。

たしかに店内にあまり人はいなかったけど、外から見る限りこの店はいつもこんな感じだ。近くのテーブルはどれも空《あ》いていて、これなら僕《ぼく》の言葉は誰《だれ》にもきこえないはずだった。

「お昼は食べた？　なにか食べたかったら、好きなの頼《たの》んでいいよ」

「いい、いいです……」

朝からなにも口に入れていないけど、今は食べたいとは思わない。

立花先輩《たちばなせんぱい》は、注文を取りに来た店員にオレンジジュースを二つ頼んだ。ドリンクバーじゃなく、単品のフレッシュジュース。すぐに運ばれてきて、先輩にうながされて飲んだけど、酸味《さんみ》がきつくてあまりおいしくなかった。

「忘《わす》れないうちに渡《わた》しておくね」

立花先輩が、そばに置いた鞄《かばん》からなにか取り出す。あっ、と僕《ぼく》は思わず声に出しそうになった。

「これ、柏崎《かしわざき》くんのだろ？」

差し出されたのは、『悪魔剣士《あくまけんし》カヤ』の台本だった。

「実は昨日、放課後に放送室に行ったんだ。弁論《べんろん》大会で話すテーマについて、古部《こべ》さんにアドバイスしといたほうがいいかと思って。でも誰もいなかった。椎名先生にきいたら、古部さんも体調悪いみたいで休みでさ」

「えっ……」

古部さんも休んだ。知って、言葉にできない気持ちが湧《わ》いた。

体調が悪い。ちがう。たぶん古部さんも仮病《けびょう》だ。古部さんも、僕と顔をあわせたくなかったんだ。

「それ、そのとき途中《とちゅう》の廊下《ろうか》で拾ったんだ。最初は落としものとして届《とど》けるつもりだったんだけど、なんとなくタイトルに見覚えがあってさ。考えてみたら本条《ほんじょう》先輩……放送部の女の先輩なんだけど、その人がよく話してたアニメのタイトルと一緒《いっしょ》だって思い出して。たしか放送室に置いてたフィギュアも、あのアニメのものだったよね。だから柏崎くんのじゃないかと思って」

「……」

「ん？　あれ、もしかして柏崎くんのじゃなかった？」

「……いえ、ぼ、ぼぼぼ……僕のです」

「だよね。よかった」

うそをついた。古部《こべ》さんは、アニメが好きっていうのを隠《かく》したがっていたから。だけど、今さらなにをやっているんだろうと思った。もう僕《ぼく》は、古部さんに嫌《きら》われたのに。

それに僕だってもう、古部さんのことは……。

「ところでさ、なにかあった？」

「えっ？」

「落ちこんでるように見えるから。もしかして学校でなにかあったのかなって」

あった。でも言いたくない。古部さんに僕がしたことを、言いたくない。

「悩《なや》みがあれば、なんでも相談にのるよ」

「い、いえ……」

「他人の俺《おれ》には言いにくい？　だったらお姉さんに相談してみたらどう？」

「……」

「さすがにケンカしたばかりの相手には言いにくい？」

「えっ……」

なんでと思って、すごく驚《おどろ》いた。言った先輩《せんぱい》は、小さくだけど笑っている。

「図星みたいだね」

「なな、なんで……」

「実はさ、今日俺があの駅にいたの、渡《わた》すものがあったっていうのはうそなんだ。あっ、いや実際にその台本は渡したかったんだけど、本当はお姉さん……柏崎《かしわざき》さんから君に渡してもらおうと思ってたんだ。でも昨日、その話をしたときに言われてさ。なんだか弟の様子が変だから話してみてほしい、もしなにか悩んでたら相談にのってあげてほしいって。だから俺はその台本を口実に、柏崎くんの家を訪《たず》ねるつもりだった。住所は柏崎さんからきいてたからね」

お姉ちゃんが。かすかに胸《むね》の中がざわつくような感じがした。

「どんなケンカだったかは知らないけどさ、柏崎さんは怒《おこ》ってないよ。それどころか、君のこと心配してた。あんな言いかたするなんて、きっと嫌《いや》なことがあったんだって、必死な感じで。俺に頼《たの》むときも、すごく真剣《しんけん》でさ。それに柏崎くんが放送部に入ったとき、彼《かの》女《じょ》とてもよろこんでたんだよ。悠太《ゆうた》が変わってくれたって、こっちもうれしくなるくらいに」

お姉ちゃんがよろこんでた。そんなの全然知らなかった。

同時に、お姉ちゃんは先輩《せんぱい》にそういう気持ちまで話していたのかって思って。

「……ふ、ふふ二人は、ななな、仲いい、いいんですか？」

「えっ……ああ、うん。同じクラスだからね。でも、たまに話をするくらいだよ。本当、それくらいで……」

急に先輩《せんぱい》の声の調子がおかしくなった。顔も、なんだか困《こま》っているみたいで。

「それで、えっと……」

不思議に思っていると、先輩は口ごもるようにしてうつむいた。それから指先でおでこをかいて、はぁとため息みたいな息を吐《は》き出《だ》して。

「……やっぱり、だめだよな」

小さな声がきこえた。

「……ごめん、柏崎《かしわざき》くん。俺《おれ》、君に隠《かく》してることがあるんだ。実は俺、君のお姉さんとつきあってる」

「えっ……」

少し早口で言われた言葉。驚《おどろ》きすぎて、すぐには受け止められなかった。

「隠してて悪かった。俺は別に話してもいいって思ってたんだけど、はるか……柏崎さんに絶対に教えるなって言われてて。……いや、そんなのただの言《い》い訳《わけ》だね。ごめん」

「ほん……とうに……？」

「うん。ついでに言うと、前に言った図書館で一緒《いっしょ》に勉強してる相手っていうのは、柏崎さんなんだ。一緒の高校行くために、勉強教えてもらっててさ」

たしかに三年生になってから、お姉ちゃんは遅《おそ》く帰ってくることが多かった。部活には出ていないはずなのに、僕より遅く帰宅することもあって。でもそれは立花先輩と一緒に勉強していたからなんだ。

そういえば以前に放送部に入ったことを伝えたとき、お姉ちゃんの様子がおかしかったことがあった。あれも、立花先輩が原因《げんいん》だったんだ。

「いい……いつからで、ですか……？」

「去年の十一月から。夏休み明けに俺が転校してきて、初めて見たときから素敵《すてき》だなって思っててさ。それから何度か話しているうち、完全に好きになった。んで、すぐに告白したけど、最初はつきあうのとかよくわかんないからって断《ことわ》られたんだ。でもあきらめきれなくて、もう一度考えてほしいって頼《たの》んだら、よくわからないままでいいならってＯＫもらえてさ。……って、こんな話はいらないか」

ごめん、とまた先輩があやまる。

「びっくりしたよね、いきなりこんな話されて。でもなんていうか……さっき急に、隠《かく》したままじゃ嫌《いや》だなって思ってさ。はる……柏崎《かしわざき》さんには怒《おこ》られるだろうけど、まあ仕方ない」

少し笑いながら、でも本当に申《もう》し訳《わけ》なさそうに話してくれた先輩《せんぱい》を前に、僕《ぼく》は驚《おどろ》きながらも、ある思いが湧《わ》いてくるのを感じていた。こんな優《やさ》しい人が恋人《こいびと》だなんてお姉ちゃんは幸せだなっていう思い。

……やっぱり僕とお姉ちゃんはちがうんだ。お姉ちゃんだけじゃない。立花《たちばな》先輩もそうだ。好きな人に思いのままに告白できて、恋人を作って、中学生活を楽しんで。

みんな、僕とちがう。僕だけが、ちがう。

「とにかくさ、お姉さんは君のことすごく心配してるよ。ケンカみたいな言いあいしちゃったのも、きっと柏崎くんを心配してるからこそで」

お姉ちゃんは僕を心配してる。そのとおりだ。

だけど、それがなんだっていうんだ。心配していれば、僕を苦しめていいのか。追いつめるようなことを言っていいのか。

「……しし、心配してるから、なな、ななな、なんなんですか？」

えっ、と先輩が言う。

「……どういうこと？」

「い、いいいい意味ないです、心配されても。ぼぼ、ぼぼぼく、ぼぼく、ぼぼ僕のききききき気持ちをわか、わか、わからない人に心配されても、いいいい意味ない」

「柏崎くんの気持ちって……？」

「しゃべれないぼ、ぼぼぼぼ僕のききき、ききき気持ちです。あああ、姉はふふふ普通にしゃべれる。しゃべれるひひ、ひ、人にはわか、わか、わわわか、わからないんです、ぼぼぼ、僕の気持ちが。そういうひひひひ、人に心配されても、むむむ、むむ、無駄《むだ》なんです。む、むしろめめ、めめめ迷惑《めいわく》だ」

そう。迷惑なんだ。お姉ちゃんも古部さんも僕を心配して、でもそのせいで僕は苦しんだ。

見当ちがいの善意なんていらない。普通にしゃべれる人たちの善意なんていらない。それが本当の意味で僕《ぼく》を救うことなんてないから。

そうやって気持ちを全部吐《は》き出《だ》して、怒《おこ》られるかとも思った。だけど、なにも言われなかった。

立花先輩《たちばなせんぱい》は少し口元をゆがめて僕《ぼく》を見ている。その視線《しせん》を受けとめるのが嫌《いや》で、僕は先輩から目をそらした。

無言の時間。でもやがて。

「……じゃあ、君はわかってるの？」

「えっ？」

「君は、お姉さんの気持ちをわかってるの？」

お姉ちゃんの気持ち……普通にしゃべれる、幸せに生きている人の気持ち。

「わ、わわわ、わわわからないですよ、そんなの」

出した言葉は、自然と強い口調になった。

「ふふふ、ふふっ、普通に、ななん、な、なんの不自由もなく幸せにいいい、いい生きてる人のきも、きききき気持ちなんてわからないです」

「幸せに……？」

「そ、そうじゃないですか。ふふふふ、普通にしゃべれて、ととと、とと友達がいて、ぶぶぶ、ぶぶ、部活もたたたた、たた楽しめて、こ……ここ、こここ恋人《こいびと》もいて、そんなし幸せな人のき、ききき気持ちがぼ、ぼぼぼぼ僕にわか、わわわ、わかるわけない」

「……そうかもね」

僕を見たまま、ぽつりと立花先輩が言った。

「たしかに普通にしゃべれる柏崎《かしわざき》さんに、君の気持ちはわからないかもしれない。でもね柏崎くん、一つだけ、君はまちがってるよ」

「……な、なな、なにがですか？」

先輩は答えなかった。顔をうつむかせて、黙《だま》っている。

でもしばらくしてから顔を上げて、僕を見て。

「……あのさ、柏崎くん。君のお姉さんは、演劇部《えんげきぶ》でずっと一人ぼっちだったんだよ」

そんな、よく意味のわからないことを言った。

「一年の冬……二月くらいからずっと、柏崎さんは部内で一人ぼっちだったんだ。誰《だれ》にも話しかけられず、話しかけても無視《むし》されて、それも部員だけじゃない。顧問《こもん》の先生にまで、そういう扱《あつか》いをされてたんだ」

無視……？　あのお姉ちゃんが無視……？

「なんで……」

思わず出た言葉。だからつっかえずに出て。だけど、つっかえなかったことなんて今はどうでもよかった。

「……ちょっと長くなるけど、いい？」

ほとんど無意識にうなずく。先輩《せんぱい》は、少しためらったあとで話し始めた。

「うちの演劇部《えんげきぶ》では毎年、学年度の終わりに交流イベントとして、大学で劇を披露《ひろう》することになってるみたいなんだ。その大学は顧問《こもん》の先生の出身大学で、有名な演劇部があるそうで、柏崎《かしわざき》さんが一年生だったときも、二月にその大学で劇をやることになった」

どこかの大学で劇をやるって話は、いつかお姉ちゃんからきいたことがあるような気がした。でもよくは覚えていない。

「劇の台本は、顧問の先生が作ったオリジナル。言葉がつっかえてうまくしゃべれないキャラクターが登場して、それを別のキャラクターが笑うシーンがある劇だった」

えっ、という自分のつぶやきが、ほとんど声にならなかった。

「それを知った柏崎さんは、台本を変えてほしいって顧問の先生に言った。でもだめで、何度頼《たの》んでもだめで、それならせめて自分がその役を演じるって立候補《りっこうほ》したんだ。そして発表会の当日、柏崎さんはまったく普通にしゃべった。つまりながらしゃべるはずの役を、まったく普通にしゃべる役として演じたんだ」

なんでって疑問は、今度は湧《わ》いてこなかった。お姉ちゃんがそうした理由はよくわかったから。

僕《ぼく》のためだ。

「結果、他の部員は混乱《こんらん》しちゃって、劇は中断《ちゅうだん》。大勢《おおぜい》の後輩《こうはい》の前で恥《はじ》をかかされた先生はすごく怒《おこ》って、他の部員も柏崎さんを責《せ》めた。でも彼女《かのじょ》はなにも言《い》い訳《わけ》せず、その代わりに部内で浮《う》き始めた。二年になってもその状態《じょうたい》は続いて、大会や発表会があっても柏崎さんはなんの役も与《あた》えられず、裏方《うらかた》の仕事すらやらせてもらえなくなった。だけど、それでも演劇部をやめなかった。なんでかわかる?」

首を横にふる。

「なんでかって、俺《おれ》もきいた。やめるべきだって説得もした。でも柏崎さんはきかなかった。『私はやめない。部活をやめたら、お母さんや悠太《ゆうた》に隠《かく》せる自信ないから。私は、私の問題をあの家に持ちこんじゃいけないの。私は問題のない子でいなきゃいけないんだ。だってお母さんは仕事と悠太のことで手一杯《ていっぱい》なんだから、私が心配かけちゃいけない。なにより悠太には絶対に知られたくない。あの子優《やさ》しいから、もし知ったら、自分のせいで演劇部をやめたんだと思っちゃうから』って言って」

あのときの柏崎《かしわざき》さんの顔が今でもはっきり思い出せるよ、と先輩《せんぱい》は言った。少し、いやだいぶつらそうに。

「柏崎さん、役の練習も裏方《うらかた》もやらせてもらえない中で、部活中どうしてたと思う？　ずっと、部室の隅《すみ》に一人で立ってるんだって。誰《だれ》にも話しかけられないまま、黙《だま》って他の人たちの練習を見て、部活が終わったら一人で帰る。一年以上、柏崎さんはそれを続けてた。なにか手伝おうとしても、勝手に触《さわ》らないでとか、邪魔《じゃま》だとか言われて、それでも柏崎さん、二年生の間、一日も部活休まなかったんだよ。信じられる？　行きたくなんてなかっただろうに、放課後になると毎日部室に行って。……休まずに顔を出し続けていれば、いつか許《ゆる》してくれるっていう思いもあったんだろうと思うけど、結局はなにも変わらなかった。三年生になって、最後の仕事である新入生勧誘《かんゆう》の準備にまで顔を出したのに」

入学式の日を思い出す。帰り際《ぎわ》の、プラカードやプリントを持った上級生たちの列。たしかあの中には、演劇部《えんげきぶ》のプラカードもあった。でもお姉ちゃんはいなかった。

そのあとで、僕《ぼく》はお姉ちゃんに言われたんだ。吃音《きつおん》を治すためにしゃべる機会を増やせって、部活にでも入れって、がんばれって。いつもの口調の、いつものお姉ちゃんに言われたんだ。

あのときだけじゃない。去年一年間、ずっとお姉ちゃんはいつもどおりだった。家で僕やお母さんとしゃべるとき、つらそうな様子なんて少しも見せなかった。

「……今の話は、つきあって一ヶ月くらいした頃《ころ》にしてくれたんだ。ある日さ、なんか様子がおかしく見えて何度も問いただしたら、やっと話してくれた。絶対に誰にも言うなって、口止めもされた。君に話したって知られたら、きっと怒《おこ》られるだろうな」

自分の手元を見るようにうつむいて、先輩が笑う。でもすぐに、その小さな笑顔は消えて。

「だけど、言わずにはいられなかった。君から……柏崎さんの弟から、あんなことを言われたらね」

あんなこと。そうだ。僕はさっき、お姉ちゃんを幸せだって言った。部活を楽しんでるって言った。

同時に、一昨日《おととい》のことを思い出す。お姉ちゃんとしたケンカ。あのとき、僕はひどいことを言った。本当は、お姉ちゃんだってつらかったのに。

そしてなによりも、お姉ちゃんは僕のせいでつらい思いをするようになったんだ。僕と同じ役が笑われるのが耐《た》えられなかったから。

一年生のとき、お姉ちゃんはよく演劇部《えんげきぶ》のことをお母さんに楽しそうにしゃべっていた。主役をもらえたときは本当にうれしそうで、絶対に見に来てってお母さんと僕《ぼく》に言っていた。お姉ちゃんは、演劇が大好きなんだ。そういう大好きなものを、お姉ちゃんは僕のせいで……。

ショックだった。うそであってほしいと心の底から思った。だけどそうなわけない。

お姉ちゃんから演劇をうばったのは、まぎれもなく僕なんだ。

「……自分のせいだって、思っちゃだめだよ」

「えっ……？」

「自分のせいで姉が部活をできなくなった。君がそう思うことが、もっとも柏崎《かしわざき》さんが嫌《いや》がってたことなんだから……って、全部ばらした俺《おれ》が言うことじゃないけど」

たしかに、だからお姉ちゃんは僕やお母さんになにも言わなかった。いつもどおりのお姉ちゃんであり続けた。僕のためにつらい思いをして、でも僕のためにそれを隠《かく》して、毎日部活に出てがんばって。

それなのに、僕はお姉ちゃんに……。

「……あのさ、柏崎くん」

いつのまにか、立花先輩《たちばなせんぱい》が顔を上げて僕を見ていた。

「この際だから言うけど、椎名《しいな》先生も君のことをすごく考えてるんだよ」

「先……生……？」

「実は……俺《おれ》が弁論《べんろん》大会に出るって言ったの、椎名先生の指示だったんだ。事前に伝えられててさ。呼《よ》ばれてないのに部室に来たふりをして、柏崎くんの代わりに出たいって言えって。俺の勉強に支障《ししょう》が出ないように、大会の原稿《げんこう》は自分が考えてやるからって」

また、うそみたいな言葉。

動揺《どうよう》が積み重なって、でも驚《おどろ》き以上にわからないことがあった。

なんで椎名先生は、僕がしゃべれないって知って……。

「それだけじゃなくて、椎名先生、去年まではすごく生徒にあてる形の授業をしてたんだよ。俺たちも習ったからよく知ってるけど、頻繁《ひんぱん》に生徒に英文読ませて、問題答えさせてた。でも今年は、少なくとも柏崎くんのクラスではちがうだろ？」

たしかにちがう。まだ一ヶ月しかたっていないけど、椎名先生は授業中、一度も生徒にあてたことはない。

「実は俺、柏崎くんがうまくしゃべれないって知ってさ、椎名先生にそれとなく言ってみたんだ。授業のやりかた変えたらどうですかって。もちろん柏崎《かしわざき》くんが抱《かか》えてるもののことは言わなかったよ。生徒たちからすごい不評《ふひょう》だから変えたほうがいいですよって、軽い感じで話した。でも、そんな必要はなかったんだ。お前に言われなくても、もうあてまくるのはやめた。私の成長をなめるなって言われてさ」

成長。ちがう。先生は僕《ぼく》のためにやりかたを変えたんだ。そうとしか思えない。でもどうして僕がしゃべれないって知っているんだろう。

立花先輩《たちばなせんぱい》が教えたわけじゃない。じゃあクラスメイトの誰《だれ》かの仕業《しわざ》だろうか。いつかの音読で僕のしゃべりかたがおかしいことを知って、担任《たんにん》の椎名《しいな》先生に、あの人は病気なんですか、とか興味本位できいたりして。

いやでも入学式の翌日《よくじつ》にはもう英語の授業はあって、そのときはまだクラスの誰にも知られていない。だから、椎名先生も知るわけがないはずで。

「あのさ、柏崎くん。なんていうか……君のまわりにいる人たちは、すごく優《やさ》しいんだよ。もちろんそうじゃない人もいるかもしれない。君に嫌《いや》なことをする人もいるかもしれない。でもまちがいなく優しい人たちはいるんだ。たしかに、その人たちも君のことを本当には理解できないかもしれない。だけど……だけどそれでもその人たちが君に向ける優しさを迷惑《めいわく》だなんて、俺《おれ》は言ってほしくない。絶対に……言ってほしくない」

少し悲しそうに僕を見て、立花先輩は言った。

胸《むね》がざわざわしている。いやざわつくどころじゃなく、まるで心の中をかきまぜられたようにいろんな感情がもつれていた。でも一つだけはっきりとした感情もある。

後悔《こうかい》だった。

突然《とつぜん》、大きな音が鳴った。立花先輩のほうからで、たぶん鞄《かばん》の中から。思ったとおり、先輩は鞄から音を鳴らしているスマートフォンを取り出した。

「ごめん、親から電話。すぐ戻《もど》るから」

先輩が立ち上がり、スマートフォンを耳にあてて小走りに入口のほうに向かう。その姿《すがた》が外に消えて見えなくなると、僕の顔は自然とうつむいていた。

テーブルを見つめながら思い返す。立花先輩に言われた言葉、そして自分の気持ちを。

普通にしゃべれるお姉ちゃん。そのお姉ちゃんの優しさを、僕は迷惑だと思った。僕を苦しませるだけの押《お》しつけだと思った。

だけど、本当にそうなんだろうか。

僕に優しくしてくれる人たち。お姉ちゃんがそうで、きっとお母さんもそうで、立花先輩も。その人たちの思いは、僕《ぼく》にとって本当に迷惑《めいわく》なんだろうか。いらないものなんだろうか。

そしてもう一人、古部《こべ》さんも……。

テーブルに置いたままの『悪魔剣士《あくまけんし》カヤ』の台本に、意識しないまま手を伸《の》ばしていた。両手に取って、見つめて。

思《おも》い浮《う》かべる。古部さんに言われたこと。あのとき、放送室で。今でもはっきりと思い出せる。


このまま逃《に》げ続《つづ》けてたら、いつまでもそのままよ。

いつまでそうやって逃げ続けるの？　しゃべることから逃げ続ける、弱くて臆病《おくびょう》なままの人間でいるの？

逃げないでよ、柏崎《かしわざき》くん。もう逃げないで。

全部、僕のことを思って言ってくれた言葉。今ならわかる。そう思える。だけど……。

そう。だけど、そんな簡単《かんたん》なものじゃないんだ。僕だってわかってる。今のままじゃだめだって、わかってる。

でも……やっぱり嫌《いや》なんだ。

指が、台本をめくる。パラパラと無造作《むぞうさ》に。

開いたページ。そこには台詞《せりふ》やト書き以外にもなにか書かれていた。古部さんの字のようだ。

「あっ……」

思わず声が出た。その字がなんのために書かれてあるか、誰《だれ》のために書かれてあるかわかったから。

字はニバス、つまり僕が演《えん》じる役の台詞《せりふ》のところに書きこまれていた。

『ここは声を張《は》るように』

『ここは沈《しず》んだ口調で。ちがう。沈んだ口調だと吃音《きつおん》が出やすい。声は落としながらも少し興奮《こうふん》している感じで』

『初めがタ行だから、別の言葉に言《い》い換《か》えてもいいと柏崎くんに伝える。つっかえないことをなにより最優先《さいゆうせん》に』

『この部分が特に出にくそう。直前の私の演技《えんぎ》がだめな可能性《かのうせい》。もっと感情をこめて柏崎くんを引きこむ』

『ここが他とくらべてスムーズに読める。サ行じゃないのに。なにか理由が？』

『ここをいつも激《はげ》しくつっかえていたのに、スムーズに読めた。少しずつだけど改善している。続けていけば絶対に治る！』

そういう言葉が、何十ヶ所と書かれていた。そのうちのいくつかは、実際に古部《こべ》さんの口からアドバイスとして言われたことだった。

「これ……って……」

まちがいなかった。すべてが僕のための、僕の吃音《きつおん》を治すことを目指して書かれた言葉。本当に、いたるところに書かれている。大事な台本のはずなのに。こんなに汚《よご》して、文字が台詞《せりふ》にかぶさってしまっているところもある。

「なんで……」

そのとき、ひらりと一枚《まい》の紙が落ちた。小さなメモ用紙で、台本に挟《はさ》まっていたようだ。見ると、そのメモにもなにか書かれている。

「あっ……」

拾って見た瞬間《しゅんかん》、胸《むね》が強くしめつけられるような感じに襲《おそ》われた。

それはまるで、あるなしクイズみたいな一つの表になっていて、それぞれの上段《じょうだん》には大会に出るメリット、デメリットと書かれていた。

メリットの欄《らん》には『大勢《おおぜい》の前でしゃべるという経験ができる』、『うまくやれれば自信がつく』、『目標ができることでこれからの練習への意識が変わる』、『一緒《いっしょ》に原稿《げんこう》を考えたりして仲が深まる（自分勝手すぎ）』と。そしてデメリットには、『ひどく失敗したら柏崎《かしわざき》くんが立ち直れなくなるかもしれない』と書かれてあって。

その下のスペースには、『柏崎くんの失敗を回避《かいひ》する方法』とある。そこには、『柏崎くんの発表のとき、柏崎くんが言葉につまってもう本当にだめだとわかったら、私が騒《さわ》ぎを起こす。まわりにあるものを壊《こわ》す。配電盤《はいでんばん》かなにかを壊して停電を起こす。なにかで煙《けむり》を出して火事に見せかける。そうやって弁論《べんろん》大会をめちゃくちゃにする。そうすれば柏崎くんの失敗は誰《だれ》の記憶《きおく》にも残らない。柏崎くんも失敗を気にしない』と書かれていた。そしてそのあとには『やっぱり、柏崎くんは弁論大会に出たほうがいい。私が失敗をカバーできる限り。カバーできるか。やれる。やらなきゃならない。やれるのは私しかいないんだから。問題は柏崎くんをどうやって説得するか』と続いていた。

「めちゃくちゃにって……」

バカじゃないかと、最初に浮《う》かんだ思いはそういうものだった。

このメモ。これはたぶん、椎名《しいな》先生から弁論《べんろん》大会のことをきかされたあとで書かれたものだろう。あのとき、古部《こべ》さんは様子がおかしかった。そしていきなり忘《わす》れ物《もの》をしたと言い出し、放送室を出て行った。

そのあと、古部さんは必死に考えたんだろう。僕《ぼく》は大会に出るべきか、出ないべきか。人前で話すことが吃音《きつおん》改善につながると考えて、でも失敗したらと考えて、そうなったときどうすればいいかを考えて。

だけど、バカげている。こんなことしたら古部さんがただじゃすまない。きっと怒《おこ》られるだけじゃ終わらない。学校を謹慎処分《きんしんしょぶん》になったりするかもしれないし、もしかしたら逮《たい》捕《ほ》されることだって。

「おまたせ」

その声で、我《われ》に返る。そばに先輩《せんぱい》が立っていた。

あわてて、メモを台本に挟《はさ》んで閉《と》じる。台本の中もメモも見られたくなかったから。閉じるだけじゃなく、本が入った紙袋《かみぶくろ》にしまった。

全部隠《かく》して、また先輩を見る。なぜか先輩は立ったままだった。

「ごめん、柏崎《かしわさき》くん。俺《おれ》、そろそろ行かなきゃなんない。連休中に親と出かける用事があったんだけど、俺それ明日だと思っててさ」

「そう……ですか……」

「相談にのるとか言っといて、ごめんね。この埋《う》めあわせは今度絶対するから」

「いえ……」

ごめんね、ともう一度言われる。だけど立花《たちばな》先輩の言葉が、うまく頭に入ってこなかった。

会計をすませ、外に出る。先輩は急いだ様子で、「それじゃあまたね」と言って駅のほうへ走っていった。

その姿《すがた》が見えなくなると、僕もマンションに向かって歩き始めた。

歩いている間、心が落ちつかなかった。

そして意識は、ずっと袋《ふくろ》の中の台本に向いていた。

マンションに戻《もど》ると、玄関《げんかん》にお姉ちゃんの靴《くつ》が置かれていた。

居間にはいなくて、部屋から物音がきこえてくる。だけど今、なにかを話そうとは思えなかった。あやまらなきゃいけないとも思ったけど、すぐにはできそうにない。

自分の部屋に入る。ベッドに腰《こし》かけて、それから紙袋《かみぶくろ》から取り出し、台本を見つめた。中を開いて、そこに書いてある言葉を、メモを見る。

「なんで……こんな……」

胸《むね》が苦しかった。それは言葉が出ないときとは、全然ちがう苦しさだった。

「僕《ぼく》なんかのために……なんで……」

古部《こべ》さんは普通にしゃべれる。家族でもない、恋人《こいびと》の弟でもない。それなのに、なんでこんなに僕のことを考えてくれるんだろう。

古部さんがかけてくれたたくさんの言葉を、僕は拒絶《きょぜつ》した。もう傷《きず》つきたくなかったから。

本当に、それでよかったんだろうか。古部さんは、こんなに僕のことを考えてくれていたのに。

手の中の台本。小さなメモ。僕のために書かれた、たくさんの文字。見つめていると後《こう》悔《かい》が湧《わ》いてくる。

だけどそれを押《お》しやろうとする気持ちもまたあった。

「人前で……発表……」

やっぱり怖《こわ》かった。失敗することが、傷つくことが。

想像してみる。目の前にいるのは大勢《おおぜい》の人。壇上《だんじょう》に立つ自分。しゃべろうとするけど、言葉が出てこない。きこえてくるざわめき。あせって、苦しくて、でもどうしても出てこない。

嫌《いや》だった。そんな場になんて絶対立ちたくない。

でも、本当にそれでいいんだろうか。これから先もずっと、そうやって僕は逃《に》げ続《つづ》けるのか。

お姉ちゃんの顔が頭に浮《う》かんだ。がんばった人の顔。そうだ。お姉ちゃんは一人きりでも部活に出て、一年もの間ずっと耐《た》えて、がんばってきたんだ。

でも、だけど……やっぱり人前でしゃべるなんて……。

「どう……したら……」

いろいろな感情、思いが浮かんで、ぐちゃぐちゃにせめぎあう。それからどれくらい時間が過ぎたのかわからなくなるほど、僕は考え続けた。

しだいに陽が傾《かたむ》き始めて、部屋の中が薄暗《うすぐら》くなっていく。

いくら考えても、わからなかった。なにも決められない。

いったい、僕《ぼく》はどうしたら……。

「……悠太《ゆうた》、いる？」

ドアの向こうから、お姉ちゃんの声がきこえた。

「ちょっと話したいことがあるんだけど……開けていい……？」

「う……ん……」

ドアが開き、お姉ちゃんが入ってくる。お姉ちゃんは僕のほうを見ずに、顔を下に向けていた。

「あのさ……一昨日《おととい》のことなんだけど」

お姉ちゃんの言葉が途中《とちゅう》で止まる。それはお姉ちゃんが視線《しせん》を上げて、互《たが》いに目があったのと同時だった。

「……どうかしたの？」

心配そうにきかれた。悩《なや》んでいるのが表情に出ていたのかもしれない。だとしたら今、僕《ぼく》はとてもひどい顔をしているんだと思う。

なんて答えたらいいのかわからなかった。僕の中にあるぐちゃぐちゃの心。まちがいなくどうかはしているけど、それを伝える言葉が見つからない。

「……悠太《ゆうた》？」

ごめんって言おうかと思った。僕のせいでごめんって。ひどいこと言ってごめんって。だけど、どうしてか出なかった。代わりの言葉もなにも出ない。見つからない。心も頭もぐちゃぐちゃだった。僕はどうしたらいいのか、どうしたいのか、なにが正解なのか間《ま》違《ちが》いなのか、全然わからない。

なにもかもぐちゃぐちゃ。本当に、なんでこんなことになるんだろう。なんでこんなに悩まなきゃいけないんだろう。もう嫌《いや》だ。

「な……んで……」

「えっ？」

唇《くちびる》をかんでいた。僕の癖《くせ》。いつもよりも強く、強くかんでいた。痛《いた》くて、でもそれ以上にくやしくて。

だから、かんでいた唇を僕は開いた。

「な、ななな、なん、なん……」

なんで。そんな短い言葉でさえ、僕はこんなにつっかえる。たった一言でさえ普通にしゃべれない。伝えられない。

「な、なななななんで……なんでぼ、ぼぼ、ぼぼ僕《ぼく》はこうなの……。なな、なんでふ、ふふふふ、ふつ、ふつ、普通に……しし、しゃべれないの……」

こうやって僕の言葉はつっかえる。誰《だれ》かになにかを伝えるときはいつも。伝えたいのに、伝えなきゃいけないのに。

今のままじゃだめだって思う。一人きりじゃないってわかったから。僕を大事に思ってくれる人がいるってわかったから。

だけど……。

「こここ、怖《こわ》いんだ……」

「怖い……？」

「こここ怖い…怖いんだよ……。ぼぼぼぼ、僕はしゃべれないから、つつつつ、つつつつっかえるから。わら、わわわ笑われるから……ババ……ババ、バカにされるから……」

何度も味わってきた。もう嫌《いや》だって思うくらい何度も、何度も何度も何度も。

「もうババババ、ババババ、バカにされたくない……わ、わわわ、わら、わら、わわわわ、わら、笑われたくない……」

「悠太《ゆうた》……」

「でででで、でも、わら、わら、わわわら、笑われる。かかかかかかか、からかわれて、ききき気持ち悪がられる……。ぼぼぼぼ、僕《ぼく》、僕だってふ、ふふ普通にしゃべりたい……普通にいき、いき、いいいい生きたい。いいいいいいいいい、生きたいよ。で、ででで、ででで、でもでき、でき、できき、できない」

息が苦しかった。長くしゃべったから、とても苦しくて。

「ななな、なんでぼぼく、ぼぼく、僕はふ、ふつ、ふふ普通じゃないの……なななん、なんでこ、こここ、ここ、こんなにしゃべるこここ、ことをこわ、こわ、怖《こわ》がらなきゃいけ、いけ、いいいいい、いけないの……」

つらいのは、怖いのは僕だけじゃない。だけどそう思っても消えない。しゃべることが、僕はやっぱり怖い。

「……そっか。怖いんだ」

ぽつりと、お姉ちゃんが言った。

「……ねえ、悠太」

「な……に……?」

「今、なにが一番不安？」

「えっ……？」

「悠太《ゆうた》は今、なにを一番不安に思ってる？　学校の授業？　人間関係？　言ってみて」

「な、ななん、なん、なんで……そんな……」

「いいから言ってみて」

不安なこと。弁論《べんろん》大会のこと。そこで失敗すること。

いや、ちがう。それは一番じゃない。悩《なや》んでいることだけど、根本的なものじゃない。

僕《ぼく》が一番不安なのは、怖《こわ》いのは。

「……ししし、将来《しょうらい》のこと」

そう。自分の将来のこと。吃音《きつおん》を抱《かか》えて生きる、自分の未来のこと。

「こここ、こんなんじゃぼ、ぼぼぼ、ぼぼぼ、僕きっとはた、ははた、働けない……ど、ど、どどど、どこにもやと、ややややや雇《やと》ってもらえなくて、お、おか、おか、おお、おおお、お金をかかかか、稼《かせ》げない……」

「そっか……」

「ぼ、ぼぼ、ぼぼぼぼ僕だって普通にしゃべりたい。ふ、ふふふふふ、普通になって、ふふふふ普通にいき、いい、いき、生きていきたい。で、でででで、でもでき、でき、できない。で、でき、できないんだ。どどどど、どうやってもぼぼ、ぼ、僕にはむむ、む、む、む、無理なんだ」

「……わかった。じゃあ、できなくていい。あんたはなにもしなくていい」

あきれられたって思った。僕が情けないから。前に進もうとしないから。

だけど、ちがった。

「働けないなら、働かなくていい。お金なんて稼がなくていい。私が一生あんたを養《やしな》ってあげるから」

一瞬《いっしゅん》、なにを言われているのかわからなかった。

「やし……なう……?」

「うん。だけど、なにもしなくていいっていうわけじゃない。だめだって、もうできないって思うまでがんばる。それが条件《じょうけん》。悠太ががんばって、がんばってがんばって、それでももうだめだと思ったら言いなさい。お姉ちゃん、助けてって。そうしたら助けてあげるから。悠太がまたがんばろうっていう気になるときまで、私が守ってあげるから」

「守る……」

思いがけない言葉だった。

思いがけない、優《やさ》しい言葉。

「な、なな、なにそれ……な、なな……」

「ん……？」

「な、なな、なんでそんな……ぼ、ぼぼぼ、僕《ぼく》、僕……ぼぼぼ、僕のこと……」

「……なんでって。あのね、悠太《ゆうた》……私は、ずっと悠太を見てきたんだよ。私やお母さん相手に、たまに家に来たお客さん相手にもうまくしゃべれなくて、つっかえて、苦しそうにしてる悠太を見てきた。家の中だけじゃない。お正月とか、お盆《ぼん》とか、結婚式《けっこんしき》とか、お葬式《そうしき》とか、そうやって人が集まる場所での悠太の姿《すがた》をずっと見てきた」

正月やお盆。その言葉をきいた瞬間《しゅんかん》に、嫌《いや》な思い出がよみがえった。

「悠太、いつもつらそうにしてたよね。親戚《しんせき》の人たちに笑われて、いとことか、そういう同じ子供たちとも全然話せなくて。それを見るたびに私、思ってた。ああ、この子は学校でもきっとこういう感じなんだろうなって。クラスメイトと話せなくて、笑われて。助けてあげたいなって思ってた」

お姉ちゃんは治すためのアドバイスをしてくれた。僕を助けようとして。だけど、養うなんておかしい。相手が家族だとしても、いくら助けたくても。

「……でも、それだけが理由じゃない。そういう姿を見てきたからってだけの理由で、私は悠太を助けるんじゃないよ」

「えっ……」

心を読まれたような言いかたにドキッとして、でもそれ以上に、じゃあどうしてって思った。

「私ずっと……ずっと悠太にお返しをしたかったから」

「おおお、お返し……？」

「うん。私を助けてくれた、がんばらせてくれたお返し」

わからなかった。いつ、僕はお姉ちゃんを助けただろう。

「どど、どう、どういうこと？」

「……私が一年のとき、部活の劇《げき》で主役をやったの覚えてる？」

「うん……」

一昨年《おととし》のことだ。だけど、心あたりはなにも浮《う》かんでこなかった。

「あの劇が終わったあとにさ、悠太、私の部屋に来て言ったよね。あの劇の台本貸《か》してって」

たしかに言った。だけど、それがどうしてお姉ちゃんを助けたことになるんだろう。

「びっくりして、なんでって私きいた。でもなかなか答えなくて、理由言わなきゃ貸さないって私が言うと、やっと答えた。台本で練習してみたい、練習したら、言葉がつまるの治るかもしれないからって。だけど私、わかんなかった。なんであの台本を使いたいのか。そしたら悠太《ゆうた》、言ってくれたんだよ。あの劇《げき》すごかったから、お姉ちゃんみたいにやれば僕《ぼく》もしゃべれるんじゃないかと思えたって、すごく照れくさそうに」

覚えていた。そう言ったことも、照れくさかったことも。だけど、照れ隠《てかく》しで言ったんじゃなかった。本当にお姉ちゃんの劇はすごかったんだ。だから台本で練習したいと思った。あのときのお姉ちゃんみたいに自分もなりたくて。そうなれば、もしかしたら治るかもしれないと思って。

「……実はあのとき、私かなり落ちこんでたんだ。劇の本番で大事な台詞《せりふ》をまちがえて、そのこと先生にすごく怒《おこ》られて、先輩《せんぱい》たちにも優勝《ゆうしょう》できなかったのは私のせいだとか言われてさ。初めての大きな舞台《ぶたい》で、自分では精一杯《せいいっぱい》がんばったつもりなのに、褒《ほ》められるどころか怒られちゃうんだって、ショック受けてた。でも……でもだから、あのときに悠太が言ってくれたことがすごくうれしかった。私の演技《えんぎ》が、悠太を前向きにさせたんだって思えたから」

お姉ちゃんが落ちこんでいたなんて全然知らなかった。僕の言葉をそんなふうに思ってくれていたってことも。

そういえば、あのときお姉ちゃんは台本を貸そうとしなかった。貸すんじゃなくてあげるって言ってくれたんだ。あげるから、あきらめずにたくさん練習しなって。あれはきっと、僕の言葉がうれしかったからだったんだ。

「……正直言うと、それからも部活はつらかったんだ。いろいろあって……やめたいって何度も思った」

そうだ。部の中で、お姉ちゃんはずっと一人ぼっちだった。僕のためにやったことで、みんなから嫌《きら》われて。

「……だけど、続けられた。そうできたのは、あのときの悠太の言葉のおかげ。あれがあったから、絶対にまた自分が主役の劇を悠太に見せてやるんだって思えた。もしその気持ちがなかったら、部活やめてたかもしれない。ううん、きっとやめてた。そしたらさ、私きっといろいろだめになってたと思うんだ。逃《に》げたってことをずっと引きずって……なにより演《えん》じることを嫌《きら》いになって、二度と演劇《えんげき》なんてやるもんかって気持ちになったと思う。でも今も、私は演劇をやりたい。そう思えるのは悠太《ゆうた》のおかげ。……ごめんね。中学では一回しか劇を見せてあげられなかったね。きっと……きっと高校ではたくさん見せてあげるから」

高校でも演劇部に入るって、いつかお姉ちゃんはお母さんに言っていた。来年からまたがんばるって、また役をもらうって。

そう思えるのは僕《ぼく》のおかげで、僕がお姉ちゃんを助けた、がんばらせた。だけど、僕はなにもすごいことなんてしていない。ただ自分のために台本を貸《か》してって頼《たの》んだだけだ。それだけなんだ。

それだけ……なのに。

「だからさ、今度は私が悠太を助けてあげる。悠太がつらいなら私が……私が絶対に助けてあげるから」

お姉ちゃんの声が、少しふるえてきこえた。でも目は、僕をまっすぐに見ていて。

「中学、高校、大学、社会人……いつでもかまわない。悠太が本当にもう限界だって思うときが来たら、それを私に言って。学校に行ってるときなら、私がお母さんを説得して行かなくてもいいようにしてあげる。社会人になってたら、私がお金を稼《かせ》いで悠太を養《やしな》ってあげる。それに私だけじゃなくて、お母さんだってきっと悠太を守ってくれると思う。悠太が本当に苦しんでたら、絶対に助けてくれる。だから……」

そこで言葉を止めると、お姉ちゃんは僕に向かって笑った。それを見た瞬間《しゅんかん》、心がぎゅっとつかまれて揺《ゆ》さぶられるような感じがした。

お姉ちゃんの目が、うるんでいたから。

「だから……だから大丈夫《だいじょうぶ》だよ、悠太。きっと……大丈夫……」

笑って、涙《なみだ》を浮《う》かべたまま、お姉ちゃんはそう言った。

お姉ちゃんを見ているうちに、心になにかが湧《わ》いてきていた。なにかはわからない。わからないけど、温かいものだ。とても温かくて、大きくて。

お姉ちゃんは笑っている。泣きながら、僕《ぼく》を見つめて笑っている。それを見て思った。

僕はバカだ。

なんで今までわからなかったんだろう。僕のまわりには、こんなに優《やさ》しい人たちがいたのに。みんなこんなに優しくて、僕に向かって手を差《さ》し伸《の》べてくれていたのに。僕は全然それに気づいていなかった。気づかないふりをしていた。それは本気で救おうとして差しのべられた手じゃないんだって思いこんでいた。

でもちがった。お姉ちゃんは本気で、心の底から僕《ぼく》を思ってくれていた。吃音《きつおん》のことを完全に理解していなくても、それ以上に僕自身のことを理解して、思ってくれていた。

そして……。

手の中の台本。メモ帳。古部《こべ》さんは僕を助けようとしてくれていた。それなのに僕はそれを偽物《にせもの》の優《やさ》しさだと決めつけてはねつけた。

もうだめだと思うまでがんばるのが条件《じょうけん》だって、お姉ちゃんは言った。だけど今までの自分をふり返ってみて思う。

僕は、全然がんばってなんていなかった。

放送部に入ったり、普通に話せる友達ができたり、最初は不安だらけだった僕の中学生活は信じられないほどに順調だった。でもそれは、僕ががんばったからじゃない。古部さんと立花先輩《たちばなせんぱい》が優しかったからだ。

二人とも、僕の吃音を受け入れてくれたから。活動になんの役にも立たない僕を、立花先輩は歓迎《かんげい》してくれた。古部さんは、こんな僕と友達になってくれた。僕がいくらつっかえても嫌《いや》な顔一つしないで、僕の言葉を待ってくれた。そして、僕の吃音を必死に治そうとしてくれていた。

それにくらべて、僕はなにをしただろう。なにをがんばっただろう。がんばってなんかいない。つらいとか、わかってくれないとかって、僕は嘆《なげ》いてばかりだった。逃げ続けて、それを仕方のないことだって思いこんでいた。そして最後には、僕を受け入れてくれた人たちを拒絶した。

「ごご、ごめん……」

情けなかった。自分が許《ゆる》せなかった。お姉ちゃんの、みんなの優しさに応えられていない自分をなぐってやりたいくらいだった。

「ごごご、ごめん……お姉ちゃん……ごご、ごめん……」

目のあたりが熱い。なんだろうと思ったけど、頬《ほお》をつたった感触《かんしょく》で自分が泣いているんだとわかった。

情けなくて、そしてうれしくて、涙《なみだ》は止まらなかった。

「ごごご、ごめん……ほん、ほん、本当にごめん……」

「悠太……」

お姉ちゃんが近づいてきて、となりに座《すわ》る。なでるように頭に手が置かれた。

「ごめ……ん……」

「もういい……もういいから……」

ごめん、ともう一度心の中でつぶやく。それから、がんばろうという言葉も。

がんばろう……がんばらなきゃだめだ。失敗するかもしれない。傷《きず》つくかもしれない。ボロボロになるかもしれない。

でもいい。そのときに助けてくれる人たちが、僕《ぼく》にはいるんだから。だからもう逃《に》げちゃだめだ。

前に進まなきゃ、だめだ。

ひとしきり泣いて、涙《なみだ》は止まった。それから顔を上げると、お姉ちゃんの心配そうな表情が見えた。

「悠太《ゆうた》……」

「……だ、大丈夫《だいじょうぶ》。もう、だだだ大丈夫だから」

「本当に……？」

「うん」

お姉ちゃんに向かって笑いかける。そうすると、お姉ちゃんも微笑《ほほえ》んでくれた。

涙をふき、立ち上がる。机《つくえ》の上の携帯《けいたい》を手に取った。

「……誰《だれ》かにメール？」

「で、でで電話する。た、たたたた、立花先輩《たちばなせんぱい》に」

「えっ……そ、そう」

お姉ちゃんの反応を見て、立花先輩の言葉を思い出した。ばらしたから怒《おこ》られるだろうな、と先輩は言っていた。

「……あああ、あのさ、おお、お姉ちゃん。おね、おね、おおお願いがあるんだ。先輩のこと、おこ、おおおお、怒らないでほしい」

「怒る……？　どういうこと？」

「ききき、きき、きいちゃったんだ。おおお、お姉ちゃんと先輩がつき、つき、つつ、つきあってるって」

「なっ……」

「ご、ご、ごめん……でででで、でも、先輩はわる、わる、悪くないんだ。ぼぼぼ、僕のたたたたた、ためにおし、教えてくれて」

お姉ちゃんが口を開けたまま、かたまる。

でももう一度ごめんとあやまると、少しの間があったあとで、はぁとため息がきこえた。

それから「あいつ……」という言葉も。

「まあ……知られちゃったんなら仕方ないか」

「ゆ、ゆゆ許《ゆる》してあげてくれ、くれる？　せ、先輩《せんぱい》のこと」

「それはだめよ。約束破《やぶ》ったんだから」

「えっ、で、でも」

「わかってる。怒るのはほどほどにしておくから。それより、電話であんまり変なこと言わないでよね。私の悪口とか」

「い、いいい言わないよ、そんなこと」

「ならいいけど」

そう言って、お姉ちゃんが僕《ぼく》から離《はな》れる。でもドアの前で足を止めた。

「悠太《ゆうた》」

「な、なに？」

「がんばりなね」

「うん」

僕の返事をきいて、お姉ちゃんが満足そうな顔をする。そして部屋を出ていった。

一人になると、携帯《けいたい》を見つめた。今からかけようとしている人の顔を思い浮かべる。

メールでも伝えられる。でも電話で伝えたい。たぶん、出ない言葉がたくさんあるだろう。だけど大丈夫《だいじょうぶ》だ。

「よし……」

握《にぎ》り続けていた携帯を操作《そうさ》し、電話をかける。呼《よ》び出《だ》し音。大丈夫だって、もう一度自分に言いきかせた。

そして。

『もしもし、柏崎《かしわざき》くん?』

つながった。

「あっ、も、もしもし」

『どうしたの?　なんかトラブルでもあった?』

「あ、ああ、あああの、つ、つ、つ、つつ、伝えたいことがあって。今ははははは、はは話してもだただ大丈夫ですか?」

『うん、大丈夫だよ。ついさっき、ちょうど親戚《しんせき》……用事っていうのは親戚の家に行くことだったんだけど、さっき到着《とうちゃく》して今はもう落ちついたところだから。それで、伝えたいことって？』

「はは、はい、ああああ、あの……」

言うんだ。もう決めたんだから。

がんばるって、決めたんだから。

「べ、べべべ、べ、弁論《べんろん》た、たた大会、ぼ、僕《ぼく》にだ、だだ出させてほしいんです」

『えっ？』

「で、で、出たいんです。だからお、おおおね、お願いします」

答えが返ってくるまで、少しの間があいた。

でも。

『うん、いいよ』

「ほ、ほほん、ほほ本当ですか？」

『うん』

「あ、ああ、あり、ありがとうございます」

『出るって、自分で決めたことなんだよね？』

「はい」

『そっか』

立花先輩《たちばなせんぱい》の声は、どこかうれしそうだった。

『それなら、俺《おれ》はなにも言わないよ。がんばってね』

「はい」

『じゃあ、椎名《しいな》先生には俺から話しておこうか？　それとも自分で話す？』

「じ、じじじ、自分で話します」

『わかった。俺、先生の携帯《けいたい》番号知ってるけど、教えようか？』

「お、おね、おお、お願いします」

先生には、休み明けに学校で話そうと思っていた。でも話すなら早いほうがいい。

立花先輩に伝えられた番号をメモする。それからお礼を言って、電話を切ろうとした。

『あ、ちょっと待って』

「はい？」

『俺はなにがあってもかし……いや、悠太《ゆうた》くんの味方だから』

はっきりときこえてきた言葉に、さっきと同じ感覚がした。お姉ちゃんが養《やしな》うって言ってくれたときの、心が温かくなる感じ。

「……あああ、ありがとうご、ございます」

温かさの中で勇気が湧《わ》いてくるのを感じながら、それだけ言った。もっと別のことを言いたい気もしたけど、それ以外の言葉は浮《う》かんでこなかった。だけど代わりに、心の底からのお礼を言ったつもりだった。

『うん。それじゃあ、なにかあったらいつでも連絡《れんらく》して。どんなことでも相談にのるから』

「は、はい」

『じゃ、またね』

明るい声を最後に、電話が切れる。

「ありがとうございます……立花先輩《たちばなせんぱい》」

切れた電話に向かってつぶやく。

一度、ふぅと息を吐《は》いた。気持ちを落ちつかせてから、教えてもらった番号を押《お》す。

ファミレスで先輩の話をきいた限りでは、椎名《しいな》先生は僕《ぼく》の吃音《きつおん》を知っている。できればその理由を知りたかった。

ボタンを押し終え、電話を耳にあてる。先生は僕の番号を知らないから、きっと誰《だれ》からかわからないだろう。ちゃんと名前を言わなきゃいけない。

だけど、言えるはずだ。

『はい？』

呼《よ》び出《だ》し音のあとで、けだるそうな声がきこえた。

「も、もしもし、か、か、か」

『あ？』

「か、かか、か」

大丈夫《だいじょうぶ》。言える。言える。言える。

「か、かか、かかか柏崎《かしわざき》です」

『柏崎？』

「は、はい」

『なんでお前が私の番号知ってるんだ？　教えたっけ？』

「た、たた、た、立花先輩に教えてもらって。すいません、かか、勝手に」

『ああ、立花に。いや、別にいいが。それで、なんの用だ？』

「あ、ああ、あの」

『……』

「ああ、あああ、あの……あああの……」

次の言葉が出ない。だけど、椎名《しいな》先生はなにも言わなかった。普通なら『どうした』とか『大丈夫《だいじょうぶ》か』とか尋《たず》ねてくるはずなのに。

「……」

『……』

沈黙《ちんもく》。それでも声はきこえてこなかった。もう、まちがいないと思った。

「あ、あの……き、ききき、きき、きききききいてもいいですか?」

「なんだ?」

「ぼ、ぼぼぼ僕《ぼく》、僕がき、ききき、ききき吃音《きつおん》だってこ、ここ、こと、いつわか、わわか、わかったんですか?」

『……』

なかなか答えは返ってこなかった。だけど十秒ほどたって。

『……まあ、お前が気づいてるんなら別にいいか。いつと言われれば、最初からだ』

「さ、最初……?」

『お前は知らないだろうが、小学から中学への進学の際、学校間で進学者の情報の伝達が行われるんだよ。申し送りって言ってな。だから、なんらかの事情を抱《かか》えた生徒に関しては、入学前に担任《たんにん》になった教師がその事情を把握《はあく》してるんだ。本当は、情報伝達があったってことは生徒に教えちゃいけないんだけどな』

事情。たしかに僕《ぼく》は抱《かか》えている。事情というより、吃音《きつおん》という大きな問題を。

『でも私は、今まで吃音者に実際に接したことがなくてな。だからお前には悪かったかもしれんが、最初はそれほど気にせずやることにした。だけど自己紹介《じこしょうかい》のとき、お前が仮病《けびょう》を使ったのを見て、ちょっと考えを改めたんだ』

仮病と言われて、胸《むね》がドキッとなった。だけど先生の口調は、全然怒《おこ》っている感じじゃなかった。

『まあ改めたとはいっても、特にお前に対してなにかしてやったってわけじゃないけどな。お前も、表だって特別扱《あつか》いされるのは嫌《いや》だろうし』

「でで、でも、じじじ、じゅ、じゅ、授業のやりかたをかかかか、かかかかか、変えてくれ、くれましたよね？　生徒にあああ、あて、あて、あて、あてないように」

『……なんで知ってる？』

「た、たたたた、たたたた、立花先輩《たちばなせんぱい》から、き、きき、去年まですごくあて、あて、あてる先生だったたってきいて」

『そうか……まあ、そういうことなら白状《はくじょう》するが、たしかに変えた。おかげで授業の準備にかなり時間がかかるようになった』

「す、すいません。ぼ、ぼぼ、僕《ぼく》のために。あああ、あああ、あり、あり、あり、ありがとうございます。それに、べべべべべ、弁論《べんろん》大会のことも、ぼぼぼ僕がでででで出ないようにしてくれたんでで、ですよね」

『あいつ、そこまで教えたのか……』

本当に先生は、僕のためになにもかも配慮《はいりょ》してくれていた。放課後の放送を古部《こべ》さんしかやっていない理由も知っていたんだろう。そのうえで、なにも言わないでくれていたんだ。

『まあいい。それで、電話してきたのは礼を言うためか？』

「あっ、その……」

言葉につまる。僕がやろうとしていることは、椎名《しいな》先生の配慮を台無しにすることだ。先生がこれだけのことをやってくれたのに。

だけどやめようとは思わなかった。先生には悪いけど、もう決めたんだ。

「あの、ぼ、ぼぼ、僕……」

僕は話した。こんなしゃべりかただけど弁論《べんろん》大会に出たいっていうことを。

『そうか……出たいのか』

すべて話し終えたとき、椎名先生が言った。いつもの淡々《たんたん》とした感じじゃなく、意外そうな声で。

『私としては、立花《たちばな》の代わりにお前が出るのはかまわん。でも一つだけきかせろ』

「な、な、なんですか?」

『後悔《こうかい》しないな?』

「……はい」

少し考えて、僕は答えた。

しない。がんばった結果を悔《く》いたりなんて、絶対にしない。

『わかった。じゃあ、お前が出るっていうことで手続きしておく』

「あ、あ、ありがとうございます」

決まった。これで僕は、大勢《おおぜい》の人の前に立つ。そこで、たくさんしゃべる。

不安はある。恐怖《きょうふ》もある。でも負けるつもりはなかった。

もう僕《ぼく》は、絶対に逃《に》げない。

「そ、それじゃあ、失礼します」

『柏崎《かしわざき》』

「はい？」

『今回の弁論《べんろん》大会なんてな、ただ惰性《だせい》で続けられてるだけの、しょうもないイベントだ。見に来るのだって暇《ひま》を持てあましたジジババばかりで、本気で内容をきいてる奴《やつ》なんてのはほとんどいない。だから気楽にやれ』

なんていうか、ひどい言い草だ。でもきっと、これが椎名《しいな》先生なりの気づかいなんだろう。素直にうれしかった。

「はい。わ、わわ、わかりました」

『それじゃあな。まあ、がんばれ』

電話が切れる。

終わったと、ほっと息をついた。

携帯《けいたい》を机《つくえ》に置こうとして、でも途中《とちゅう》で止まった。古部《こべ》さんの台本が目に入ったからだった。それを見て思う。

まだ、終わっていない……。

電話を握《にぎ》り直《なお》して、古部さんの番号を表示させた。発信ボタンを押《お》す。

呼《よ》び出《だ》し音。一回、二回、三回。なかなか出てくれない。五回、六回、七回。

『……はい』

そこで、声がきこえた。

「か、かか、柏崎《かしわざき》です。あ、あの」

『……なに？』

「ああああ……会いたいんだ。い、いいいい、今からH駅に行くから、でで、でで、出てきてほしい」

H駅は、古部さんがいつも降《お》りる駅だ。家から歩いて十分ほどだと前に言っていた。

『……どうして？』

「あ、ああ、会ってはな、話したい。つつ、つ、つつ伝えたいことがあ、あるんだ」

答えは返ってこなかった。

僕はなにも言わずにただ待った。古部さんの声がきこえてくるのをひたすらに待って、そして。

『……わかった』

H駅で電車を降りると、駅を出てすぐ近くにあるという公園に向かった。そこが古部《こべ》さんとの待ちあわせ場所だった。

夕方の薄闇《うすやみ》の中を歩き続け、やがて見えてきた。遊具が数えるほどしかない小さな公園。

古部さんは、奥《おく》にあるベンチに座《すわ》っていた。すでに陽が落ちているせいか他に人の姿《すがた》はない。ベンチそばの街灯に照らされて一人ぽつんと座る古部さんの姿《すがた》は、少し寂《さび》しげに見えた。

近づいていくと、古部さんはうつむいていた顔を上げ、僕《ぼく》を見た。

「ご、ご、ごめん、こんなじ、じじ、時間に」

「別に……」

いつもより声がとがっている。いや、沈《しず》んでいるのか。

「……話ってなに?」

「あ、うん……」

いざ面と向かうと、落ちつかなくなった。だけどそれは決心を鈍《にぶ》らせるほどのものじゃなかった。

だから、僕は口を開いた。古部さんを見つめて、ちゃんとまっすぐに見つめて。

「ぼぼぼぼ、僕、ででで、出るよ」

「えっ……？」

「べ、べべべ、べべ、弁論《べんろん》大会に出る。た、たたたた、立花先輩《たちばなせんぱい》にも椎名《しいな》先生にも、もうつ、つ、つつつた、伝えた。ふ、二人ともゆる、ゆる、許《ゆる》してくれた」

「どうして……？」

「ぼぼぼぼぼ、僕、ががが、がんばることにしたんだ」

「がんばる……？」

「い、いい、今まで僕、ぜ、ぜぜぜ全然が、ががが、ががんばってなかった。に、に、逃《に》げてばかりで、き、ききき、きき、吃音《きつおん》だからそれを仕方な、ないって思って、じ、じじじ、自分で自分をよ、弱くしてた。で、でももうそれはやめる。き、き、ききき、気づいたんだ、やっと」

「なにに……？」

僕《ぼく》は答えずに、持ってきた鞄《かばん》から台本を取り出して古部《こべ》さんに渡《わた》した。

「これ……私の……」

「えっ……？」

「お、おお、一昨日《おととい》はご、ごご、ごめん。それとあ、あああ、ああ、あり、ありがとう」

「だ、だだ、台本を読むれれ、れ、練習、こここ、古部さんは僕のためにしてくれてたのに、ひ、ひ、ひどいこと言ってごめ、ごめん」

「そんな……なんで……」

「ぼ、ぼぼ、僕、わ、わわわ、わか、わかったんだ。そして、きき、決めた」

「なにを……？」

「ぼ、僕は、まま、まま、まわりの優《やさ》しさにき、ききき、気づけてなかった。ち、ちちち、ちゃんと見つめていればきき、ききき、気づけたのに目をそらしつ、つつ、つつつ、続けてた。で、でで、でももうそれはやめ、やめる。ち、ちち、ちゃんと見つめて、それにこ、こ、ここ、応えられるようにがが、がが、がが、がんばる」

古部さんは戸惑《とまど》った顔をしていた。当然だ。一昨日、僕は古部さんにひどい言葉をぶつけた。声で、そして文章で。それなのに、いきなりこんなこと言われたら戸惑うに決まっている。もしかしたら信じてもらえていないかもしれない。

「ああ、あのとき、ほ、ほほほ放送室でもうき、きき、きき君としゃべりたくないって、ぼ、僕、かかかか書いたよね。ほ、ほほん、本当にご、ごめん。あ、あんなのうそだ。ぼ、ぼぼぼ、僕はもっとこ、こここ……こここここ……ここ……」

出ない。それでも僕は口を動かし続けた。格好悪《かっこうわる》い姿《すがた》だろうけど、どうしても伝えなきゃならないから。いや、それ以上に伝えたいから。

僕の気持ちを、古部さんに伝えたいから。

「こ……古部さんとしゃべりたい」

「えっ……」

ずっと戸惑っていた古部さんの顔。そこに驚《おどろ》きが広がった。

「ぼ、僕、僕はうまくし、しゃべれないけど、それでもこ、こここ古部さんとしゃべりたい。しゃべりたいんだ。こ、これ、これ、これからもい、いいいいろんなことをし、しゃべりたい」

古部さんがうつむいた。唇《くちびる》がきゅっと引き結ばれて、その姿《すがた》はなにかをこらえているようにも見えた。

「ももも、もしこ、ここ、古部《こべ》さんがもうぼ、僕《ぼく》といいい、いい、いたくないって言うなら仕方な、ないけど、そうじゃないなら、また放送室でれ、練習したい。い、いい、い。い、いい、一緒《いっしょ》にあ、ああ、『悪魔剣士《あくまけんし》カヤ』のだ、だだだ、台本で練習をし」

「柏崎《かしわざき》くん」

ふいにきこえた強い口調に、言葉がさえぎられた。

「……話さなきゃならないことがあるの」

うつむいたまま、今度は弱々しい口調で古部さんが言う。

「言わなきゃってずっと思ってた……。でも言えなくて、このまま黙《だま》っていようかなとも考えた。だけどやっぱり……話さなきゃならない」

「な、なに……？」

古部さんが目を閉《と》じた。それは数秒続いて、やがてふぅと深呼吸《しんこきゅう》をするような音がきこえて。

目が開けられる。そして瞳《ひとみ》が、まっすぐに僕《ぼく》の顔に向いた。

「……私も、吃音《きつおん》だったの」

「は……？」

驚《おどろ》き、いや衝撃《しょうげき》のあまり、それ以上の言葉が出てこなかった。どんな言葉も、頭に浮《う》かびすらしなくて。

「……びっくりしたよね。だけど本当なの。物心ついた頃《ころ》には、もううまくしゃべれなかった。つまったりつっかえたりする程度も柏崎《かしわざき》くんとほぼ同じだと思う。自分の名前はもちろん、おはようとかの挨拶《あいさつ》も、ありがとうも、ときには、はいっていう返事さえも出なくなることがあった」

同じだ。それはたしかに、僕と同じ症状《しょうじょう》だ。

「私、小学校では一人も友達がいなかった。それどころか……いじめられてたの。それは吃音のせい。六年間ずっと無視《むし》されて、物を隠《かく》されて、物に落書きされて、悪口……悪口なんてものじゃなかったけど、そういうことを言われ続けた。ときには、蹴《け》られたり物を投げつけられたりもした」

「そんな……」

「だけど六年生のとき、一人だけ仲よくしてくれる子がいたの。他の学校から来た子で、すごく明るい子だった。となりの席になった私に話しかけてくれて、すぐに友達になってくれた。転校してきたせいで、その子は私がいじめられてることを知らなかったから。でも」

少しだけ間があいた。古部《こべ》さんがほんのかすかに息を吐《は》く。

「でも、その子も私から離《はな》れた。ある日ね、その子に話したの。私がアニメを好きだってことを。どうしても話したかった。私にとって、アニメは恩人《おんじん》だったから」

「ど、どど、どういうこと……？」

「友達がいなかった私は、いつも一人で遊んでた。その中でも一番好きだったのが、アニメのキャラの台詞《せりふ》をまねて、演《えん》じること。特にこの台本の……『悪魔剣士《あくまけんし》カヤ』の主人公を演じるのが好きだった。柏崎《かしわざき》くんって……ひとり言は大丈夫《だいじょうぶ》って言ってたよね？」

「うん……」

「私はひとり言でも、だめだった。もちろん一人でアニメの台詞を言うときも。でもたとえ上手《じょうず》に言えなくても、私は楽しかった。そうしているうちにどんどん役に入りこんでいった。カヤになって、自分はカヤだって信じて、毎日台詞を読み続けた。そしてある日、吃音《きつおん》が消えたの」

「き、ききき、消えたって……」

「本当なの。本当に、しゃべれるようになったの。だけど、それはカヤになりきっているときだけだった。普段《ふだん》の自分に戻《もど》ると、まただめになった。それでも初めてつかんだきっかけだったから、あきらめたくなくて、家の外でもカヤになれるように練習した」

「そ、外でも……？」

「自分はカヤだって思いこみながら、知らない人にたくさん話しかけたの。最初はうまくいかなかった。失敗するたびに変な顔されて、何度もやめようって思った。でも続けた。絶対に治したかったから。そしてたくさん練習して、カヤになってたくさんたくさん人に話しかけて、やっと……やっと私の吃音は消えた。自分はカヤだって意識しなくても、普通にしゃべれるようになった」

信じられなかった。でも本当のことなんだろう。うそだなんて、今の古部さんの表情からはとても思えない。

そして、すごいとも思った。外に出て人に話しかけるなんて。きっと、数えきれないくらい嫌《いや》な思いをしたと思う。それでも古部さんはやめずに続けた。

本当に、すごい。

「カヤが、アニメが私の吃音を治してくれた。だから私の恩人。それでも、まわりは変わらなかった。普通になっても私はいじめられ続けた。その転校生の子と友達になったときはもう吃音《きつおん》はなくなっていて、だから仲よくなれたんだけど、長くは続かなかった。アニメの話をしたときに言われたの。『子供だね、私はアニメなんてもう見ないよ』って。そのときはショックだったけど、仕方ないとしか思わなかった。その日は金曜日で、だから土曜と日曜の二日間、彼女《かのじょ》とは会わなかった。そして週明けの月曜日、彼女はもう私に話しかけてこなくなってた」

思い出す。あのとき、古部《こべ》さんはフィギュアのことをかたくなに話さなかった。それを好きであることを否定《ひてい》し続けた。

「アニメの話がきっかけじゃなかったのかもしれない。もしかして月曜になるまでに私がいじめられてることを知って、それで離《はな》れていったのかもしれない。私と離れたあと、その子はすぐに別の、私をいじめてた子と仲よくなったから。その子に知らされたのかもしれない」

たぶん、そっちが真実だと思う。だけどはっきりとはわからない以上、古部さんが自分の好きなものについて口を閉《と》ざすようになったのも無理ないと思った。たった一人きりの友達をそれが原因《げんいん》で失ったのかもしれないって考えたら、怖《こわ》くなっても仕方ない。

「どっちなのかはわからない……わからないけど、結局その子も私から離れて、私をいじめるようになった。他の人たちと一緒《いっしょ》に、卒業するまでずっと、ずっと……」

なんて言っていいかわからなかった。

古部さんは僕《ぼく》と同じ吃音で、でも僕とはちがっていじめられていた。だから、僕がなにかを言えるはずなんてないと思った。

「……あの月曜日の朝のことは今でも忘《わす》れられない。言葉では言いようのない感覚だった。友達だと思いこんでた相手に嫌《きら》われたんだとわかった、あの感覚。今まで友達なんていなかったから、なおさらつらかった。ああ、また一人になったんだって思って、心の底から絶望した。嫌われないように気をつけてたのに、離れていかないように願ってたのに……」

嫌われないように、離れていかないように。それは僕と同じだった。僕も古部さんに嫌われるのが怖かった。だから我慢《がまん》し続けた。

古部さんも、同じ恐怖《きょうふ》を抱《かか》えていたんだ。それなのに、古部さんは僕にあの練習をしようと言った。吃音だったのなら、それによって僕がつらい思いをするのもわかっていたはずだ。きっと怖かったと思う。こんなことをさせたら嫌われるんじゃないかって。それなのに続けた。僕の吃音を治すために。

嫌われる恐怖を乗りこえて、僕のために。

「な、ななな、なんできききき、きき吃音《きつおん》だってかく、隠《かく》してたの……？　べ、べべべべ別にかかか、隠さなくたって……」

「それは……柏崎《かしわざき》くんに嫌《きら》われたくなかったから……」

「ぼ、ぼ、僕に？」

いったいどういうことだろう。むしろ吃音だったたって言ってくれたら、僕はもっと安心して接せられたのに。そしてきっと、あの台本読みの練習だってやめたいと思わなかったはずで。

「……あのね、柏崎くん。私……柏崎くんを利用したの」

「り……よう？」

「私ね、普通の人はみんな嫌いになっちゃったの。みんな……嫌いなの」

みんな嫌い。その言葉は、前にもきいたことがあった。でも、みんなっていったい。

「私は……普通に生きてる人たちが嫌い。だって、そういう人たちに私は苦しめられてきたから。弱い立場の人のことなんて全然理解しようとしない。今まで私のまわりにいたのはそういう人ばかりだった。クラスメイトも、先生も、みんなそうだった。みんなに笑われて、バカにされて、怒《おこ》られて。お父さんとお母さんも同じ。あの人たちも、私の吃音を少しも理解してくれなかった。言葉がつっかえるたびに嫌《いや》な顔されて、お前のそのおかしな話しかたはいつ治るんだって、お前がしゃべると空気が悪くなるって言われ続けた。ときにはいらだって、暴力もふるわれた」

ひどいと思った。同時に、お母さんとお姉ちゃんの顔が浮《う》かんだ。あの二人は僕《ぼく》にそんなこと言わなかった。暴力なんて、一度だってされたことない。

「私が今の中学に来たのは、親と、小学校で私をいじめた人たちと離《はな》れたかったからなの。この中学に入ればおじいちゃんと暮《く》らせるし、あの小学校の子たちはほとんどここの中学には来ないから。……だけどだめだった。新しいクラスメイトたちを見ても仲よくしたいとは思わなかった。私の心には、もう過去の思い出がしみこんでいて、どうせこの人たちも同じなんだろうって、大嫌いだって思った。でも一人だけちがう人がいた。それが……柏崎くんだった」

言葉の最後で、古部《こべ》さんが僕をまっすぐに見つめた。

「前の席の……清水《しみず》くん？　入学式の次の日、あの人と柏崎くんが話してるのをきいて、すぐにわかった。この人は吃音《きつおん》だって。だって以前の自分とまったく同じしゃべりかただったから」

ごまかせていたつもりだった。清水《しみず》くんも、あのときは変だなって思いはあっても、はっきりとは気づいていなかったと思う。

でもやっぱり、僕《ぼく》と同じ苦しみを味わってきた人にはわかるんだ。

「わかった瞬間《しゅんかん》に、仲よくなりたいと思った。そして仲よくなれるとも思った。この人は吃音者《きつおんしゃ》だから友達も少ないはず。もしかしたら、私のようにいじめられてたかもしれない。私は運がいい。この人と友達になればさびしくない。この人に近づこう。一人にならないためにこの人を利用しよう。だけど自分が吃音だったことは隠《かく》したほうがいい。同じ吃音だから近づいてきたんだって思われないために。利用したいって気持ちに気づかれないために。だから、なにも言わずに私は柏崎《かしわざき》くんに近づいた。……仲よくなるために、あとをつけた」

「あとを……？」

「……入学式の次の日、放送室前の階段《かいだん》ですれちがったでしょ？　あのとき私、柏崎くんのあとをつけてたの」

見学に行って、名前を言えなくて逃《に》げたときだ。あのあと、たしかに古部《こべ》さんと会った。

「あの日、本当は放送室に行く気なんてなかった。放課後になって柏崎くんに話しかけたくて、あとをつけて、でも途中《とちゅう》で見失って。必死に探《さが》して見つけた場所が、あの階段。あのときはいきなり鉢合《はちあ》わせして、すごくあせった。あとをつけていたのがばれるかもしれないと思って、だから普通に歩いてきたふりをした。それでもなにか話しかけたかったから、さよならって、それだけ必死になって言った」

「ほ、本当なの……？」

あまりに意外で、思わずきいた。

「うん……だから、最初は放送部に入るつもりもなかったの。声を出す練習がしたいなんていうのも、うそ。声優《せいゆう》になりたいのは本当だけど、放送部や演劇部《えんげきぶ》に入るなんて考えもしなかった。声や演技《えんぎ》の練習ができるとしても、そこにいる普通の、大嫌《だいきら》いな人たちと関わるなんて絶対に嫌《いや》だったから。実際……立花先輩《たちばなせんぱい》のこともいまだに好きになれない。いい人なのかもしれないけど、やっぱり普通に生きてる人だから、いつか柏崎くんを傷《きず》つけるんじゃないかと思って……」

「それなのにほほ、放送部にはい、はは入ったのは、ぼぼぼぼ僕となか、なか、仲よくなるため？」

「……そう。そして、柏崎《かしわざき》くんを治すため。あの日、柏崎くんと階段《かいだん》ですれちがったあと、四階にある部屋を私は調べた。もしかしたら柏崎くんはどこかの部活の見学に行ったんじゃないかと思って、それで見つけたのが放送室だった。四階には他に部活に使うような部屋はなかったから。そして放送室に入って、先輩《せんぱい》と話すなんて嫌《いや》だったけど、入部したいふりをして、立花《たちばな》先輩が柏崎くんを誘《さそ》うように誘導《ゆうどう》した。その時点で私、絶対に柏崎くんと放送室で一緒《いっしょ》に過ごしたいと思っていたから。あそこで一緒に、吃音《きつおん》を治す練習をするために。私が治してあげるんだって勝手に考えて、だから邪魔《じゃま》な立花先輩を引退させた。二人だけで、練習に集中するために」

そう言ったあとで、古部《こべ》さんが笑った。自分をあざけるみたいに。

「あのね……私、祈《いの》ってたの。柏崎くんが誰《だれ》とも仲よくならないことを。清水《しみず》くんや他のクラスメイトと仲よくならないことを祈《いの》って、願ってた。心の底から」

「……」

「ひどいって言っていいよ。自分でもそう思う。柏崎くんはずっと苦しんできたのに、それを私はわかってたはずなのに。ひどいだけじゃなくて、気持ち悪いよね。あとをつけたりして、本当に気持ち悪い。もう、本当に……」

強く、自分を責《せ》める口調。

ひどい、気持ち悪いなんて僕は思わなかった。だって、古部さんはずっと一人きりだったんだから。学校でいじめられて、親にもひどいことされて、本当につらい時間を古部さんは過ごしてきたんだ。

そういう中で、初めて自分と同じ人に出会えた。仲よくなりたいって思うのはあたりまえだ。

……同じ立場なら、きっと僕《ぼく》だって。

「……それにあのとき、放送室で言いあいしたときの言葉も最低だった。逃《に》げるな、だなんて。私だって、しゃべることから逃げ続けてきたのに。私もね、逃げたの。小学校のときにあった自己紹介《じこしょうかい》は、ほぼ全部逃げた。仮病《けびょう》を使って、逃げ続けた」

同じだった。僕と古部さんは、本当に同じだ。

「ごめんね……柏崎くん。ごめんね……」

古部さんの声が、とたんに弱々しくなった。彼女《かのじょ》の目を見て、それがうるんでいるのに僕は気づいた。

「私は……そういうひどい人間なの。自分のために柏崎くんの不幸を願った、ひどい人間。

柏崎《かしわざき》くんが一人になれって願って、それを隠《かく》してあなたと友達になろうとした最低な人間……。本当に、最低な……」

古部《こべ》さんはうつむきながらしゃべっている。声がふるえていて、もしかしたら泣いているのかもしれない。いや、泣いているんだ。

古部さんが泣いている。大事な友達が泣いている。

なにか言葉をかけてあげたかった。だけどなにを言えばいいかわからない。僕《ぼく》は今、古部さんにどんな言葉をかけたらいいんだろう。

でも、とふと思った。

なにを言えばいいか……そんなの簡単《かんたん》じゃないか。

僕は、僕の言いたいことを言えばいいんだ。今、僕が古部さんに思っていることを言えば。

上手《じょうず》に言えなくてもいい。そう考えたら、伝えるなんて簡単《かんたん》じゃないか。

「こ、こ、古部さん」

そう思った瞬間《しゅんかん》、自然と言葉が出ていた。

「あ、あああ、ああ、ありがとう」

「えっ……？」

古部さんがきょとんとした顔になる。まだ目はうるんでいて、だからその顔に向かって、僕《ぼく》は言葉を続けた。

「いいいい言いたくなか、なかったことなのに、ぜ、全部はな、はな、話してくれてあ、あああ、ありがとう。ううれ、うれ、うれしいよ」

「うれしい……？」

「うん」

「……ひどいって思わないの？」

「な、なにを？」

「私のこと……。私は柏崎くんを利用して……一人にならないために友達になって……」

「そんなのか、かん、かん、かん、関係ないよ。こここここ古部さんがぼ、ぼぼ僕を利用したのだとしても、ぼ、僕はここここ、ここ古部さんとと、とととと友達になれてうれしかった。だ、だだ、だだか、だから、そんなの関係ない」

「でも……」

「それにぼ、僕だって、ぎ、ぎぎぎ逆のた、立場だったら同じことおも、おも、おも、思ったかもしれない。いや、おおおお思った。じじ、じじ、自分と同じだからなか、仲よくなれるだろうって、他の人とな、ななな仲よくしてほしくないなってお、思った。ぜぜぜ、絶対におお、思った」

「……」

「だ、だからかかか、関係ないよ。ぜ、全然関係ない。ここ、古部《こべ》さんがきに、きに、きききき気にすることなんかな、な、なんにもない」

「……私のこと、嫌《きら》いにならないの？」

「ななな、ならないよ」

嫌いになんてなるわけない。だって古部さんは、僕《ぼく》の吃音《きつおん》を治そうとしてくれた。嫌われるのが怖《こわ》かったはずなのに、それを乗りこえて、僕を救おうとしてくれた。そんな人を嫌いになんてなるわけない。

「むむむ、むしろごめ、ごごごめん。こここ、ここ古部さんのおも、おも、思いに気づいてあげられなくて。じじじじ、自分のこ、ことしか考えてなくてごめ、め、ごめん」

僕はずっと、自分だけがつらいんだと思っていた。わかってくれないとまわりを責《せ》めてばかりで、その人たちがつらい時間を過ごしているなんて考えもしなかった。

でもお姉ちゃんも、古部さんも、たくさん苦しんでいた。きっと、幸せばかりの人なんていないんだ。みんな、それぞれ悩《なや》みや苦しみを抱《かか》えている。それでも毎日生きているんだ。世界中にいる一人一人が、そうやってがんばっているんだ。

そういう中で誰《だれ》かに理解してもらいたかったら、自分もその人のことをちゃんと見て、理解してあげなきゃだめなんだ。

「柏崎《かしわざき》くんが謝る必要なんてない……だって私は……」

古部さんは、まだ不安そうだった。怯《おび》えているような感じにさえ見えて。

だから僕はもう一度、口を開いた。古部さんを安心させるための……いやそんな気取ったものじゃなくて、ただ自分の正直な思いを告げるために。

「こ、こここ、古部さん、お願いがあ、あ、あるんだ」

僕の正直な思いを、大切な人に伝えるために。

「ここ、ここ、これからも僕と、と、ととと、とと友達でいてほしい」

「えっ……」

「ききき、嫌いになんてなな、なるわけない。こここ、ここ古部さんはず、ずっと僕のことをかん、かん、かん、考えてくれてたのに。そんなや、ややや、優《やさ》しい人をきら、きききき嫌《きら》いになるわけない。だ、だだだだ、だからとも、友達でいたい。ここ、これからもずっと放課後、ほほ、放送室で一緒《いっしょ》にいい、いたい。あそこでき、きき君としゃべっていたいんだ」

「そんな……」

「だ、だだだ、だからぼぼ、僕《ぼく》ととも、友達でいてほしい」

言い終わるのと同時に、古部《こべ》さんがまた口を引き結んだ。そのままなにも言わなくなって。

次の瞬間《しゅんかん》、古部さんの両方の目から涙《なみだ》が流れ落ちた。ひとすじ、それからとめどなく。

「い、いいかな……?」

その顔を見つめながら、僕は問いかける。古部さんはなにも言わない。その間も涙は流れ続ける。

「は……い……」

でもやがて古部さんはそう言って。

はっきりと、うなずいてくれた。

第七章　僕《ぼく》は上手《じょうず》にしゃべれません

拍手《はくしゅ》の音で、速かった心臓《しんぞう》の鼓動《こどう》がさらに速度を増した。

発表を終えた出場者が、舞台袖《ぶたいそで》へ戻《もど》ってくる。そして僕《ぼく》と古部《こべ》さんの横を抜《ぬ》け、その先にある控《ひか》え室《しつ》へと歩いていく。

数時間前に始まった弁論《べんろん》大会も、もう終盤《しゅうばん》にさしかかっていた。まだ呼《よ》ばれていない出場者は、僕と古部さんだけ。

「続きまして、K中学一年、古部加耶《かや》さんの発表です」

司会者の声が、マイクをとおして会場内にひびく。

名前を呼ばれた古部さんは、ふぅ、とかすかに息を吐《は》いて、それから僕を見た。

「行ってくる」

「が、が、がんばって」

僕が言うと、うん、と答えて笑顔になる。

古部《こべ》さんが舞台袖《ぶたいそで》を出て、その先にある中央の演台《えんだい》へと向かう。それから少しの間があって。

「私は、日頃《ひごろ》から他人への思いやりというものについてよく考えます」

古部さんの発表が始まった。

僕《ぼく》は緊張《きんちょう》の中で、じっと古部さんの声に耳をかたむけた。とてもはっきりとした、綺麗《きれい》な声。きいていると、心が少し落ちついたような気がした。

やがて声がとだえる。すぐに拍手《はくしゅ》がきこえ、古部さんが戻《もど》ってくる。

「お、おつ、お疲《つか》れさま」

「うん」

「それでは、次が最後の発表となります。K中学一年、柏崎悠太《かしわざきゆうた》くんの発表です」

来た。不安と緊張が全身を包む。でも、逃《に》げるわけにはいかない。逃げる気もない。

大丈夫《だいじょうぶ》だ。きっと、大丈夫。

「柏崎くん」

歩き出そうとした瞬間《しゅんかん》、名前を呼《よ》ばれた。

「な、なに?」

古部さんはなにも言わず、右手を動かすとそれを自分の胸《むね》にあてた。そしてぎゅっと手を握《にぎ》りしめると、そのまま僕の胸へとあててくる。

「私、ちゃんときいてるから」

僕の胸に手を触《ふ》れさせたまま、古部さんはそう言った。

「うん、き、き、きき、きいてて」

古部さんが微笑《ほほえ》む。勇気をもらったと、その笑顔を見ながら僕は思った。

歩き出す。舞台袖を出て、ステージのまん中へ。横は見なかった。そこには大勢《おおぜい》の聴《ちょう》衆《しゅう》がいる。それを見ずに、ただ前だけを見た。

そして、僕はその場に立った。

見えたのは、様々な人の顔。すぐには数えきれない。立花先輩《たちばなせんぱい》とお姉ちゃん、それに椎《しい》名《な》先生がどこかにいるはずだったけど、わからなかった。

発表のときは、原稿《げんこう》を持っちゃいけない。内容は頭の中に入っている。

一つ、深呼吸《しんこきゅう》をする。それから口を開いて。

「ぼ……」

だけど、出なかった。

「ぼっ……っ……」

僕《ぼく》は。それが最初の言葉。言《い》い換《か》えることはできない。俺《おれ》、私、自分、どれもおかしい。

僕じゃないと、ここではおかしい。

「ぼっ……ぼ……」

右のあたりから、ざわつきがきこえた。

その瞬間《しゅんかん》、体が冷えかたまるのを感じた。学芸会のときのこと。同じだった。今の雰囲《ふんい》気《き》と、いやそれ以上の。

「ぼ……」

ざわめきが大きくなる。舌がこわばる。手に汗《あせ》がにじむ。

「ぼ……ぼっ……」

出ない。どうしても出ない。

だめなのか。あんなに練習したのに。古部《こべ》さんとあんなに練習して、だから大丈夫《だいじょうぶ》だと思ったのに。

やっぱり、だめなんだろうか。

「静かにしろよ！」

そのとき、いきなり大声がきこえた。

声のしたほうに目が向く。そこで誰《だれ》かが席を立って、まわりをにらみつけていた。

立花先輩《たちばなせんぱい》だった。

大声にみんな驚《おどろ》いたのか、ぴたりとざわめきがおさまった。そして次の瞬間、先輩のとなりにいた女性も立ち上がってさけんだ。

「そうよ！　ざわざわうるさいのよ！　発表がきこえないじゃない！」

お姉ちゃんの声。きこえた瞬間、顔をふせてうつむいた。ありがとう、とつぶやく。

ありがとう、お姉ちゃん。立花先輩。

「皆様《みなさま》、どうかお静かにお願いいたします」

司会者の声がきこえた。そのあとで、僕は顔を上げる。

がんばろう。うまく出なくてもいい。いいんだ。

だって、それが僕なんだから。

「ぼ、僕は」

出た。

「僕は、じ、じじじじ上手《じょうず》にしゃべることができません」

出る。大丈夫《だいじょうぶ》だ。僕《ぼく》は、大丈夫だ。

「しゃべろうとしても、つ、つつつ、つつ、つっかえてしまいます。こ、こここ、こ、こういうば、ばばば場ではな、はは話すときも、ととと、とと、ととと、友達としゃべると、とととときも、かか、かかか家族としゃべると、とと、ときもつつつ、つつ、つつつ、つっかえてしまいます」

ざわめきはない。でもざわついたところでもういい。

僕は、僕の言葉を伝えるだけだ。

「ぼ、ぼぼ、僕のか、か、か、か、抱《かか》えているものはき、ききき、きき、吃音《きつおん》というそうです。いいいが、医学的には発達障害《しょうがい》のひひひ、ひひとつとしてにん、認定《にんてい》されますがに、ににに、日本ではほほほ、ほとんど障害とみと、みみみと、みと、認《みと》められません。だから、ぼぼ、僕は障害者ではありません。でも、け、けけけ、健常者《けんじょうしゃ》でもありません。ふ、普通じゃないのにふふふ、ふふふ、普通にあ、ああ扱《あつか》われるというすごくあ、ああああ曖昧《あいまい》なところに僕はいます。その曖昧さがき、き、ききき、吃音者の苦しいところだと僕は思います。障害者とみみみ、認められないので、き、きききき、吃音者は社会の中では普通だとみ、み、みみ、みみみ、みなされます。ふふ……普通にしゃべれる人たちとお、おな、同じた、たた、たたた立場で、同じば、ばば、ばば、場所でき、ききき、きききき競《きそ》わされます。が、ががが、がく、学生である僕はまだ、そのくっ、くっ、くく……苦しさをそれほど味わってはいません。で、でで、ででで、でもこれからあじ、ああ、味わうでしょう。就職《しゅうしょく》のめ、めめめ面接、し、仕事でので、ででで、でで、電話、か、かかか会議でのほ、ほほ報告、それらを含《ふく》めたか、かかか、会社内での出世。も、も、もしかしたらしゃべれないことでか、かか……かかかか、会社をやめ、め、やめさせられるかもしれません。そんなことはないとおも、おも、おおおお思う人もいるかもしれませんが、かかかか考えてみみ、みみみみ、みてください。あなたがか、かかか、か、会社のけ、け、けけけけけ経営者だとして、じ、じじ、じじじ、自分のなな、なななな名前が言えない人をやと、と、やと、雇《やと》いたいとおも、思いますか？　僕はじじ、じ、じ、自分の名前が言えません。僕のな、名前は、か、かか、かかか、かか……」

柏崎《かしわざき》。柏崎。

「か……か、か、かか、かかか、柏崎ゆ、ゆ、ゆゆ悠太《ゆうた》です。ふ、ふざけてなんていません。ほ、ほほ本当にこ、ここ、こここ、こういう言いかたしかで、でで、ででき、できないんです。か、かか、かかかか、かかし、かし、かかか柏崎ゆ、ゆゆ悠太。か、かかかかし、かし、かしわざざき、ゆゆ、悠太《ゆうた》」

前列にいる男性が、顔をしかめるのが見えた。聞き苦しいんだろう。みっともないんだろう。だけどこれが僕《ぼく》なんだ。

これが、柏崎《かしわざき》悠太のしゃべりかたなんだ。

「じ、じじ、自分のな、なな、名前もすぐに言えない、か、かか、かかかか会話もうまくでき、でで、できない。で、でで、電話もでき、で、できない。こ、こ、こ、これは大きなハン、ハハ、ハンデだとぼ、僕は思います。た、た、たたた、たたたた、戦う前から、ぼ、ぼぼ、僕はハンデを背負《せお》わされている、いい、いるんです。なな、なな、なにも悪いことなんてして、してないのにです。だ、だ、だ、だけど」

ふう、とそこで息を吐《は》いた。これからが僕が本当に言いたい、伝えたいことだった。

伝わればいい。つっかえるだろうけれど、伝わってほしい。

「だ、だだ、だけどぼ、ぼぼ、僕はそれをのり、乗りこえたいと思っています。お、重いハンデだけれど、それを背負いながらでもたた、た、た、戦おうと思っています。な、なぜなら、僕にはみ、味方になってくれる人たちがいるからです。最近、僕は、こ、言葉が出ないとき、その人たちの顔を思《おも》い浮《う》かべます。そうするとだだだ、大丈夫《だいじょうぶ》だと思えるんです。いくらつ、つっかえてもいい、今、目の前にいる人たちが僕をわ、笑ったとしても、バカにしたとしても、その人たちは絶対にそんなことしない。ぼ、僕がいくらつっかえても、その人たちはちゃんと僕の話をきいてくれる。味方でいてくれる。そう思えるからです」

あれ、と思った。なんだかちゃんと話せている。あまりつっかえずに言葉が出ている。

「だだ、だけどきつ、吃音だからといって、特別になにかをがが、がんばる必要はないんだとも、僕は思います。き、吃音は、がんばればどうにかなるほどかか、簡単《かんたん》なものじゃないから。人よりど、努力したり、我慢《がまん》しなきゃならないんだって考える必要もきっとない。本当につらいときはにに、逃《に》げたっていいと思います。それでも僕はここ、これからも前を向いて、いろいろなことに挑《いど》んでいきたい。それはきき、吃音に関係なく、僕には支えてくれる人たちがいるからです。その人たちのために、ぼ、ぼ、僕は戦おうと思います。いくら笑われても、バカにされても、逃げないで話そうと、声を出し続けようと思います」

すごく調子がいい。こういうこともあるんだ。

「最後に、僕は言葉がうまくで、でで出ないけれど、決してしゃべるのがききき、嫌《きら》いというわけじゃありません。人にとって言葉はすごく大事なものです。言葉には人を変える力があると思うから。大切な人を救う力があると思うから。それをきき、嫌《きら》いになるというのはすごくも、もた、もったいないと思います。だだ、だから」

そう。だから。

「だから僕《ぼく》はしゃべることが、言葉が好きです」

発表は、それで終わり。これが僕の伝えたいことのすべて。

一歩下がって頭を下げる。深々と、きいてくれたことへの感謝をこめて。

パチ、と音がきこえた。

顔を上げる。また同じ音がきこえた。そして。

拍手《はくしゅ》が起きた。大きな、会場全体からの拍手だった。

うれしかった。僕が話したことへの反応。それが、とてもうれしかった。

よかったと、そう思った。

拍手の中、舞台袖《ぶたいそで》に下がる。古部《こべ》さんが待っていてくれた。

「ど、どうだった……かな？」

尋《たず》ねると、古部さんは微笑《ほほえ》んで。

「かっこよかった」

そう言ってくれた。


その後の表彰式《ひょうしょうしき》で、信じられないことが起こった。

古部さんが優秀賞《ゆうしゅうしょう》をもらって、でも信じられないというのはそのことじゃなくて。

審査員《しんさいん》特別賞。その発表のときに、僕の名前が呼《よ》ばれたことだった。


賞状を持って古部さんと会場の外に出ると、お姉ちゃんと立花先輩《たちばなせんぱい》、それに椎名《しいな》先生が待っていた。

お姉ちゃんは泣いていた。ハンカチで顔を押《お》さえながら、そばにいる立花先輩になぐさめられていた。

「おめでとう、二人とも」

僕たちに気づいて、立花先輩が言う。

お姉ちゃんもこっちを見て、でも僕を見るとまた涙《なみだ》があふれ出したようで、再《ふたた》びハンカチで顔を覆《おお》った。

「ありがとうございます」

「あ、ああ、ありがとうございます」

立花先輩《たちばなせんぱい》が微笑《ほほえ》む。となりにいる椎名《しいな》先生も、満足げな表情をしていた。

「さてと、じゃあとっとと帰るぞ」

「先生、帰りになんか食べていきましょうよ。もちろん先生のおごりで」

「ふざけんな。なんで私がお前らにおごらにゃならん」

「いいじゃないですか。二人の活躍《かつやく》で、顧問《こもん》である先生の株《かぶ》も上がったんですから。その褒美《ほうび》ってことで」

「株が上がったからといって、私の給料が上がるわけじゃないんだよ。公務員の年功序列《ねんこうじょれつ》なめんな。出場しないお前ら二人も乗せてきてやったんだ。それだけでもありがたいと思え」

「相変わらずケチですね」

「うるさい。いいからさっさと行くぞ」

椎名先生が、駐車場《ちゅうしゃじょう》のある方向へと歩き出す。

「じゃあ、俺《おれ》らも行こうか。遥《はるか》、歩ける？」

こくりとお姉ちゃんがうなずいて、立花先輩《たちばなせんぱい》とともに先生のあとを追う。僕《ぼく》も続いて足を動かしかけたとき。

「ねえ、柏崎《かしわざき》くん」

「ん？」

「大会に出て、よかった？」

なんて答えようか、迷いはしなかった。出すべき言葉は決まっている。

だから僕は古部《こべ》さんに向かって笑いかけ。

「うん、よ、よかった」

はっきりと、そう答えた。

終章　伝えたいこと

弁論《べんろん》大会が終わって、一週間がたった。

放課後、僕《ぼく》と古部《こべ》さんは、いつものように二人で放送室にいた。せまい室内に、僕と古部さんの声がひびく。やっているのは、声を一定の高さで長く続かせるロングトーンの練習。

となりから、「アー」と伸《の》ばす古部さんの声がきこえる。僕も古部さんも、まだ十五秒くらいしか続かない。立花先輩《たちばなせんぱい》が見本を見せたときは二十秒以上続いていて、先輩をこえるのが今の僕たちの目標だった。

以前はほとんどやっていなかったけど、今は先輩に言われたとおりの回数をこなす。発音や滑舌《かつぜつ》の練習、筋《きん》トレなどもそう。

練習をちゃんとこなすようになったのは、二人でそうしようと話しあったからだ。それだけじゃなく、勝手に発声練習の時間を減《へ》らしたことも立花先輩にあやまった。先輩は笑って許《ゆる》してくれて、僕たち二人の特別練習もおおいにやっていいと言ってくれた。

ひととおりの練習メニューが終わると、僕たちは台本を持つ。特別練習である、『悪魔《あくま》剣士《けんし》カヤ』のキャラクターになりきるために。

相変わらず、僕はつっかえる。でもそれを嫌《いや》だとはあまり感じなくなっていた。つっかえてもいいんだって、だんだんと思えるようになってきたから。

だから今は、必ずしも治すためだけにやっているわけじゃなかった。それに弁論大会の原稿《げんこう》を考えるときに、もう一度吃音《きつおん》について本で調べてみたのだけど、そこには自己流の訓練で治るものではないというのが現在の世界的な考えだと、はっきり書かれていた。もし治る事例があるのだとしたら、それは奇跡《きせき》に近いということも。

だけど、ショックは受けなかった。簡単《かんたん》に治るものじゃないのはわかっていたし、そのときにはもう、うまくしゃべれない自分を受け入れようと思えていたから。治したい気持ちはもちろんあるけど、別にあせる必要はないんだって。

それでも、古部さんはひどく気にした。古部さんが吃音について調べたのはそのときが初めてだったらしく、自分のことを奇跡と言われ、今まであった練習への自信が揺《ゆ》らいだようだった。

そんな古部《こべ》さんに、「大丈夫《だいじょうぶ》だよ」と僕《ぼく》は言った。「治るかどうか抜《ぬ》きにしても、僕はあの練習を続けたい。ずっと古部さんと一緒《いっしょ》に台本を読んでいたい」っていう本心を告げた。だから今も続けている。僕がやりたいから。古部さんと一緒に、古部さんの好きなアニメのキャラを演《えん》じたいから。

下校の時間まで、僕たちは練習を続ける。たまに休憩《きゅうけい》はいれるけど、それ以外はずっと声を出し続けている。

「そろそろ時間か」

やがて室内の時計を見て、古部さんが言う。針がもうすぐ五時半をさそうとしていた。

「あっ、そうだね。じじ、じゃあ、つつつ続きはまたあ、あ、明日やろっか」

うん、と古部さんが微笑《ほほえ》みながらうなずく。

この一週間で、古部さんはよく表情を動かすようになった。それでも一般的《いっぱんてき》な女子中学生よりは落ちついているけれど、喜びとか不満とか、そういう感情を僕に見せてくれるようになった。

僕と同じように、古部さんも変わってきているのかもしれない。もしこのまま古部さんが過去の経験から立ち直れて、それが僕のおかげだとしたらうれしい。

古部さんは、僕の世界を変えてくれた。そのお返しとして、僕が古部さんの心の傷《きず》を治すことができて、彼女《かのじょ》が僕以外の普通の人と普通に接せられるようになれたらいい。

僕は吃音者《きつおんしゃ》で、ハンデを抱《かか》えている。けれど与《あた》えられるばかりの人にはなりたくなかった。僕も誰《だれ》かに、なにかを与えられる人間になりたい。

古部さんが機材の前に座《すわ》り、時間になると、いつもどおりの下校の放送を始めた。すでにききなれた綺麗《きれい》な、落ちついた声がマイクに乗って校舎内にひびく。

これからもしばらくは、僕が下校の放送をすることはない。さすがにまだ勇気が出ないから。だけどいつかは挑《いど》もうと思っていた。

いつかあのマイクに、僕の声を乗せよう。つっかえるかもしれないけど、はっきりとした、僕の声を。

「じゃあ、帰ろっか」

放送が終わり、古部さんが言う。

うん、と僕はうなずき、二人で放送室をあとにした。

廊下《ろうか》を歩き、校舎の外へと出る。見えた空に、赤みがかかっていた。もうそろそろ雨が多くなる時季だけど、今日の空はよく晴れていた。

「ねえ、柏崎《かしわざき》くん」

校門を出たところで、足を止めずに古部《こべ》さんが言った。

「なに？」

「実は、また面白い小説見つけたんだけど、読んでみる？」

「どど、どんな小説？」

「ファンタジーなんだけど、ちょっとミステリーも入ってる。でも怖《こわ》い感じじゃなくて、私は感動した」

「作者は？」

「外国の人。よく知らなくて初めて買ってみたんだけど、面白かったから、その人の他の本も探《さが》してみようって思ってる」

「ががい、外国の本って、たたた、たた、たまにすごくよみ、よ、読みづらいのない？」

「ある。でもその本は読みやすかった」

「そうなんだ。よ、読んでみたいな」

「本当？ じゃあ、明日持ってくるね」

「た、た、楽しみにしてる」

僕《ぼく》が言葉を返すと、古部さんがうれしそうに笑った。

夕方の道を、二人並《なら》んでゆっくりと歩く。歩きながら、もしかしたら道行く人たちの目には恋人《こいびと》同士なんだと誤解《ごかい》されて映《うつ》るのかもって、なんとなくそんなことを思った。

まだ僕らはそういう関係じゃない。ただの友達で、同じ部活の仲間で、練習相手で。

でも、と僕は最近思っていた。決して誰《だれ》にも言えないけれど、胸《むね》の中だけで思っていることがあった。

いつか言えたらいいと、そう思う。ある言葉を、いつか言えたらいい。

サ行は言いやすいから、きっとつっかえずに言える。

古部さんに、いつか言えたらいい。

好きです、と。

あとがき

初めて読んだ小説がなんだったのか、はっきり覚えていません。子供のときで、買ったのではなくもともと家にあったものという記憶はあるのですが、タイトルも内容もすっかり忘れてしまっています。それがすごく悔《くや》しいなと、ずっと思っています。

僕《ぼく》にとって、小説は恩人《おんじん》のようなものです。子供時代、僕に力をくれるものはいつだって誰《だれ》かが書いた物語でした。大人になった今ふり返れば、両親をはじめとした家族にどれだけ助けられて生きてきたかに思いをはせることはできますが、家族のありがたさなど理解できなかったあの頃《ころ》は、小説が一番の心の支えでした。

「吃音症《きつおんしょう》」と呼ばれる、この物語の主人公と同じものを、僕も抱《かか》えています。もうかれこれ二十年以上つきあっているでしょうか。大人になった今も苦労することは多いですが、やはり一番思い悩《なや》んだのは子供の頃でした。

あの頃、学校という場所で僕は必死に戦っていました。まわりから笑われないための戦い。味方は今まで読んできた数々の小説。あてられそうな授業前の休み時間、鞄《かばん》にひそませていた格好《かっこう》いい主人公の出てくる本を読んで、気持ちを奮《ふる》い立《た》たせたり。ひどく傷《きず》ついたときは、大好きな物語を読んでその傷を癒《いや》したり。恩人というより、戦友といったほうがいいかもしれません。

そんな子供時代を過ごした僕は、いつしか自分で物語を書くようになりました。そうなった理由は単純で、力をあげる側になりたかったからです。今度は、自分の書いた物語で誰かを助けたい。

この本がそうなれるかは、まだわかりません。どちらにしても、これからも僕はそういう物語を書き続けたいと思います。

それが、僕を助けてくれた戦友たちへの恩返しになることを願って。


また、この本をきっかけにして、少しでも吃音症への理解が広まればいいなとも思っています。ただもちろん、この物語に書かれたことが吃音のすべてではありません。

現在のところ、吃音は自己流の訓練で治る類《たぐい》のものではないというのが世界的通念だそうです。努力したから治るものではないということですね。しかし吃音にはまだわからない部分も多く、ごくまれになにかのきっかけで症状が軽減し、治る人もいるそうです。

だから、吃音《きつおん》への考えかたも人それぞれにあると思います。僕《ぼく》自身の考えもありますが、それを押《お》しつけるつもりはありません。

ただこの本が、誰《だれ》かの、吃音を考えるきっかけになってくれたらとてもうれしいです。

最後に、この物語を世に出すにあたり、大変多くの方にお世話になりました。装画を担当していただいた浮雲宇一さん、吃音についての助言をいただいた岐阜大学の廣嶌忍先生、出版にたずさわってくれたポプラ社の皆さん、本当にありがとうございました。

そしてもちろん、この本を手にしてくださった方々にも、心から感謝します。僕も悠太《ゆうた》と同じように「ありがとう」を言うときはつっかえてしまうけれど、どれだけひどくつっかえても、皆さんにはちゃんと言いたいです。

ありがとうございました。

椎野　直弥

この作品は書き下ろしです。

椎野直弥（しいの・なおや）

1984年（昭和59年）、北海道北見市生まれ。北見市在住。札幌市の大学を卒業後、仕事のかたわら小説の執筆を続け、第四回ポプラ社小説新人賞に応募。最終選考に選ばれた応募作「僕は普通にしゃべれない」を改稿した本作でデビュー。興味があるのは、出会った人がどんな本が好きなのかを知ること。

僕は上手にしゃべれない

teens' best selections 43

2017年2月　第1刷
2017年6月　第3刷
著　者　椎野直弥
発行者　長谷川 均
編　集　門田奈穂子
発行所　株式会社ポプラ社
〒160-8565　東京都新宿区大京町22-1
振替　00140-3-149271
電話（編集）03-3357-2216
（営業）03-3357-2212
インターネットホームページ　www.poplar.co.jp
印　刷　中央精版印刷株式会社
製　本　島田製本株式会社

ISBN978-4-591-15323-9 N.D.C.913/330p/20cm

teens' best selections

私のスポットライト

林 真理子

13歳の平田彩希は、顔も成績も地味でフツウ。なるべく目立たないようにしてきたが、学園祭のクラス劇がきっかけで演劇の面白さを知り、児童劇団に入団する。ところが、「カンチガイしてる」とクラスメイトたちに陰口をたたかれて――。

集団の中での立ち位置に悩みつつ、自分のやりたいことを見つけ、変わっていく少女を描いた瑞々しい成長物語。

teens'best selections

あたしの、ボケのお姫様。

令丈ヒロ子

水口まどかは中学2年生。小学生のときにお笑いコンビを組んでいたキエ蔵と、方向性の違いからケンカ別れし、相方を探していたところに転校生がやってきた。トンでもない名前、昭和のアイドルみたいなファッション、すっとぼけたあいさつ、このコはいける…！　まどかは彼女をスカウトする。新コンビは順調に思えたが――。

真剣で、繊細で、悩みが多い二人の、明るくて力強い青春ストーリー！

teens' best selections

きみスキ 高校生たちのショートストーリーズ

梨屋アリエ

内気な沢井恵は、中学の時から運動部系の寺崎誠也に片思いしている。恵の友だち、斉藤美希は、爽やかイケメン山西達之が気になっているが、山西が見ているのはギャルの野上未莉亜で、未莉亜の親友、湯川夏海は近藤彗から毎日のように告白されて呆れ顔。同じクラスの七人の高校生たち、それぞれがつぶやく素直な想いで織り成される、ほろ苦くてほんのり甘い青春小説。

teens' best selections

きみのためにはだれも泣かない

梨屋アリエ

中1の松木鈴理は、自転車で転びそうになったひいおじいちゃんを助けてくれた高校生の近藤彗を、運命の人だと思った。彼は同学年の近藤光の兄で、湯川夏海という想い人がクラスにいるらしい。その夏海はいま恋愛より、親友の野上未莉亜が心配でたまらない。爽やかイケメンの山西達之と付き合い始めてからの変化に、なんだか嫌な予感がしていて……。高校生7人＋中学生3人が紡ぐ『きみスキ』続編！

teens' best selections

いとの森の家

東 直子

福岡市内の団地から緑に囲まれた小さな村に引っ越してきた加奈子は、都会とのギャップにとまどいながらも、次第に自然の豊かな恵みに満ちた暮らしに魅了されていく。そして、森で出会った素敵な笑顔のおばあさん・おハルさんと過ごす時間の中で、命の重みや死について、生きることについて、考えはじめる――。深い森がはぐくんだ命の記憶を、少女のまなざしで瑞々しく描いた、第31回坪田譲治文学賞受賞作。